薄桑/著

INITIALLY MOTTLED SUNLIGHT

日光斑驳的/最初

新世界出版社
NEW WORLD PRESS

图书在版编目（CIP）数据

日光斑驳的最初／薄桑著．—北京：
新世界出版社，2015.2
ISBN 978-7-5104-5295-6

Ⅰ．①日… Ⅱ．①薄… Ⅲ．①言情小说—中国—当代
Ⅳ．①I247.5

中国版本图书馆 CIP 数据核字（2015）第 033871 号

日光斑驳的最初

作　　者：薄　桑
责任编辑：张　奇
责任印制：李一鸣　黄厚清
出版发行：新世界出版社有限责任公司
社　　址：北京西城区百万庄大街 24 号（100037）
发 行 部：（010）6899 5968（010）6899 8733（传真）
总 编 室：（010）6899 5424（010）6832 6679（传真）
http：//www.nwp.cn
http：//www.newworld-press.com
版 权 部：+8610 6899 6306
版权部电子信箱：frank@nwp.com.cn
印　　刷：三河市骏杰印刷有限公司
经　　销：新华书店
开　　本：700mm×1000mm 1/16
字　　数：190 千字
印　　张：15.75
版　　次：2015 年 4 月第 1 版　2015 年 4 月第 1 次印刷
书　　号：ISBN 978-7-5104-5295-6
定　　价：32.00 元

Wedge

楔子

南城国际机场除了拥挤的人群里或夸张或明亮的笑脸，还有那万年不变的从大厅扩音器里传出来的女播音员温柔的声音。混合着形形色色的人，我仿佛看到我那些已经远去的青春正在明明暗暗地起伏着。

三年不曾回来，南城早已不是我记忆中的模样了。

“这里，这里。”

“亲爱的，你终于回来了。”

在这些嘈杂的迎接声里我东张西望了好久，明明知道那些熟悉的脸都不会出现，对于我今天要回来的事情我谁都没有说。

接机的人群中有一个衣着夸张的女孩正在对着和我一起出来的女孩子挥舞着手臂，她眼睛上涂了亮亮的绿色眼影，这个本来就很夸张的颜色在她的勾勒下更加夸张了。

可是她一点都不讨人厌，反而因为笑容里的明亮很得我喜欢。我仿佛看到了尤盼盼站在不远处朝我招手，当然我很清楚，这只是我的幻想。那个叫尤盼盼的女孩子早就在青春这条路上匍匐前进的时候丢掉了那样明亮的笑容。

出了机场，阳光微微有些刺眼，我用手遮住脸微微眯起了眼睛。恍惚间耳边响起了一个干净清澈的声音——“可乐，我会许你一场日光倾城。”我扭头望着来来往往的人群，突然红了眼眶，我知道，那个熟悉的脸庞再也不会出现在我眼前了。

一瞬间，那些原本我以为早已忘却的记忆却铺天盖地地朝我卷来，在岁月张开的血盆大口里，我看到了站在记忆最初对着我微笑朝着我伸手的人们。

有人说，所谓的日光倾城就是在漫天黑暗来临之际的那一刹那，整个天空都是温暖的阳光，随后便是无休无止的黑暗。

Chapter one

日光斑驳的最初

①

如果一早就知道我后来要在无休止的黑暗里独自前行，那么一开始我绝对不会去揭开遮挡在眼前的黑布。时光倒回到五年前，那个时候我正处于人生最痛苦的时刻。我和男朋友顾朗再次吵架了，因为一些看似无聊的小事情。

就在我以为他会和往常一样来说好话哄我时，他直接牵着校花李菲菲的手出现在了我的面前，他以“李菲菲才是真的爱我”为理由让我出局了。

而善于逃避的我在见证了和自己相恋四年的男友这么光明正大搂着校花来分手的场景之后，收拾好东西，一句话未留暂时告别了南城。

在别的城市飘荡三天准备收拾东西回家之后，我接到了尤盼盼的电话，她在那边铆足劲儿对我吼道：“李可乐，你个孙子，有本事别回来。”

我倒吸了一口气，试图从她话语里听出她的喜怒哀乐，随即一想，她能打电话来就证明她不是真的生气，顶多就是哀其不幸怒其不争吧。

“你个死人，说走就走了。扔下我们这一群人，有什么，不就是顾朗和李菲菲手牵手不要你了吗?”

那些我死活藏着掖着不让她知道的事她还是知道了，不用想就是周卿那个大嘴巴惹的祸。从周卿昨天给我发短信说尤盼盼把李菲菲堵在了学校之后，我就小心翼翼地等着她的电话。尤盼盼越说越气，如果此时我站在她面前，她肯定毫不犹豫地甩我两个耳光。

在我想着如何既婉转又轻松地说出我和顾朗那夭折的爱情的起因时，尤盼盼重重地叹了一口气，她说："几点的车，我去接你。"

彪悍如她难得有这么温柔的一面，握着电话的我眼泪哗哗地流。刚下车就看到尤盼盼背着她那假"LV"冲我招手。其实你别小看尤盼盼，她家里扔的假名牌包快堆满一间屋子了。比如她那个刻着宝马标志的海量大包足足吸引了全校人的眼球长达一个月之久。幸好今天她背的是假"LV"不是那个"宝马"，否则我死的心都有了。

"你倒是走快点啊，为了来接你我还没吃午饭呢。"尤盼盼踢着小正步拽着我快速地朝着外面走去。

我有些担忧地回头望着那个被我拖在手里正在和地面发出剧烈摩擦的小行李箱。尤盼盼根本不给我回头的机会，她随手拦了辆出租车，把我塞了进去，然后自己也坐到了我旁边，"花园路淮河路交叉口向东一百米华洋酒家门口。"

直到出租车过了一个红绿灯，尤盼盼才悠闲地掏出了自己的手机，她瞥了我一眼，说："被甩了出去装文艺小清新也不带上我，亏姐姐我平时对你这么好，你个小白眼狼。"尤盼盼说完还用左手食指戳了下我的脑袋。

尤盼盼能来接我本来是件蛮感动的事情，可是看到她一脸揶揄的表情之后，我瞬间开心不起来了。我把头靠在她肩膀上，酝酿许久才开口："顾朗说……他找到真爱了。"

"哈？"尤盼盼一把把我从她肩膀上推开，望着我冷笑一声，"真爱？你们俩还真能折腾，没事，保不准过两天他就打电话道歉了。"

也难怪尤盼盼会这么说，我和顾朗在一起之后小吵小闹就没断过，"分手"这俩字我们俩时常挂在嘴边。当然，每次都是前一秒我还在抱着尤盼盼因为失恋大哭，后一秒就接到顾朗电话，然后两个人乐呵呵地再一次不要脸地牵起了小手。

我垂下头，许久才抬头望着尤盼盼。"这次是真的……我在别的城市躲了三天了，他连一条短信都没发给我，不信你看……"

说着我就要去找手机，却被尤盼盼打断了。"得了吧，不就是李菲菲嘛，她能拴得住顾朗？我看啊……最后还得你出马。"

我低下了头一句话都说不出来，就在昨天我也是这样想的。我也以为，我和顾朗这次会和以前一样，瞎闹腾一会儿，然后他来服软，我就顺着台阶走下去。

可是……

可是昨天我给顾朗打电话，是李菲菲接的。

她在电话那边一副正宫的口吻："哎哟，李可乐，还真是你。顾朗说了，你不会这么轻易放过他的。果然被他说中了，怎么着，都分手了，还一个劲儿骚扰他干什么啊？"

李菲菲挂了电话之后，我差点儿从酒店的窗口跳下去，我没想到顾朗会说出那样的话，我更没想到李菲菲会觉得我是在骚扰他。

说实话，如果不是周卿告诉我尤盼盼在学校堵了李菲菲，我还不准备回来，我只想在那个谁也不认识我的地方躲下去，能躲多久就躲多久……

见我许久不说话，尤盼盼大概也察觉到了什么，她望着我不确信地问："这次……是真的啊？"

我点点头，把顾朗拉着李菲菲出现在我面前的场景再一次仔仔细细地描绘了一遍。甚至，在说到顾朗揽着李菲菲的肩膀说"可乐，李菲菲是真的爱我"时，我还特意学了下顾朗脸上认真的表情。

"他个小王八羔子！"尤盼盼听完之后立马骂了起来，她会这样生气是肯定的，要知道，当初帮忙追顾朗这件事情她可谓是煞费苦心。

尤盼盼抬头看了我一眼，语重心长地说："李可乐，你最好能和他分得彻彻底底的。"

我闭着眼睛，装作没听见。那时候，我还不太明白人们嘴里说的"长痛不如短痛"到底是怎么一回事，所以在我的青春岁月里基本是在"长痛"与"短痛"之间犹豫不决。

②

出租车在学校附近停下之后，我就被尤盼盼拖着朝华洋酒家门口走去了，连带我可怜的行李箱。用她的话说，先吃饭才是最要紧的事情。

刚推开华洋酒家的门，就看到周卿乐呵呵地从靠窗户的位置站了起来，在看到我时，周卿脸上的笑意更浓了。

对了，有必要介绍下周卿，绝对的爷们儿。他妈妈怀他时去医院检查，医生说是个女的，他父母翻了半天的字典就找了这么一个字：卿。谁知呱呱坠地时却是个男孩，父母高兴之余便准备改名字，结果遇到一算命先生瞎掰说什么与卿字有缘，便被安置了这个模棱两可的名字。

周卿家与我家隔着两条街，我和周卿混熟才不是因为什么小时候在同一个学校这种老套的剧情呢，我和他这么熟纯粹是因为我见证了他曾被一个女孩子揍得哇哇大哭的岁月。

嗯，那个揍周卿的女孩子就是尤盼盼。因为亲眼看过了那样的场面，所以对尤盼盼，我还是心存敬畏的，这种敬畏随着年龄的增长及我和她的关系越来越好才开始一点点消失。

“可乐，这顿我请，你和尤女王想吃什么随便点。”在我们走近之后，周卿笑着凑了上来。

尤盼盼大大咧咧地拽着我坐下，毫不客气地对着菜单伸出了魔爪。“这个，这个，这个……”

等菜的时候，尤盼盼和周卿在一旁瞎扯，他们俩在一起时总有说不完的话。等菜上齐的时候，他们俩已经从电视剧聊到娱乐新闻，又从娱乐新闻聊到我身上了。

周卿喝了一口汤，抬起头看着我，说：“可乐啊，想开点，不就是失恋了吗？不要每天一副生无可恋的样子，没什么大不了的。”

周卿这家伙真的是想到哪儿就扯到哪，我哪里一副生无可恋的样子了，我承认我是因为顾朗的事情难过来着，但是绝对没到生无可恋的程度！

我瞪了周卿一眼，刚想开口辩解，就看到尤盼盼“嘭”地放下了手中的筷子。“周卿，你会说话不？”

果然这个世界上对我最好的就是尤盼盼了，我被感动到可谓是一把鼻涕一把泪啊。

“可乐这哪是生无可恋啊？她简直就是行尸走肉！”尤盼盼说完还不忘问我：“你说是吧，可乐？”

我差点儿一头栽死在餐厅的桌子上，这都是什么朋友。

我只顾着低头吃菜，不去回应尤盼盼的话，尤盼盼并不准备放过我，她夹了菜放在我碗里，然后望着我：说“可乐啊，不是我说你，不就是失个恋吗？没必要把自己弄得这么难过，来，来，快吃东西，吃完我们去 happy！”

我觉得尤盼盼说得很对，不就是失个恋嘛，有必要这样吗？可是下一秒不能言说的苦痛还是席卷了我。

这顿饭最终以妈打电话催我回家落下了帷幕，因为我要回家，所以尤盼盼的“happy 计划”就暂时取消了。把行李箱送到宿舍之后，我踏上了回家的路途。

没想到，刚走出校门就看到了马路对面的顾朗，他正在微笑着望着身边的李菲菲。从我这个角度看过去，那边美得像是一幅画，画中人儿眉眼甚是好看。

我头一低，一阵恍惚。

原本站在顾朗身边的那个人，是我。

③

初遇顾朗那年，我十六岁。那一年，我家里发生了很多事情，先是有个女人来家里闹了好几次，后是很少吵架的爸妈开始和对方大打出手。

他们只顾着想尽办法诋毁对方，大声地说着各自的委屈和不甘，却从没有人注意到，从得知考试成绩之后那天开始我就再没说过一句话了。是的，我考了个历史最低分，我已经能预见到他们知道分数之后的表情了。无非是互相推诿，觉得是对方的错，觉得是对方的胡闹才导致我最近几个月无心学习考了个最差成绩出来。

我在他们的争吵打骂声中艰难地生存了几个月之后，终于在被逼问到“离婚时你到底跟我还是跟他”那天崩溃了。

我看着两个依旧闹得不可开交的人面无表情地走了出去，我的世界从那个女人哭喊着找到我家开始就成了一成不变的黑色。之后的吵架也好打骂也好，不过是让那团黑色更浓了点。

我在漫长的黑暗里艰难地爬行着，我从来没告诉他们我很害怕，我害怕有一天回到家里看到餐桌上的碗筷少了一双，而现在那种害怕和恐惧在他们的逼问中无限扩大，最终生成了绝望。在这种绝望里，我终于做出了自己的选择，当冰冷的湖水一点点淹没我时，当有些肮脏的湖水灌入我的口中时，我觉得我终于可以解脱了……

“有人落水了！有人落水了!”隐约听到岸边有声音传来，之后我脑子里一阵空白……

“没事吧？要不要打‘120’?”我睁开眼的时候，看到围观的人群，还有一个正在拧着自己衣服的少年，水滴顺着他的头发一滴滴落下。

我艰难地从地上爬了起来，从人群中走了出去，甚至都未对身后救我的少年道谢。

不知道走了多久，等我回头的时候，赫然发现那个救我的少年依旧跟在我身后。在看到我回头之后，他快步跑了上来。

“给你。”他把手里的水塞给我。

我不知道他为什么会跟着我走了这么长的路，也不知道他为什么会这么好心地把手里的水塞给我，更不知道为什么我和他明明只是陌路人，他却会对我露出这么温暖的微笑。

“谢谢……”我从嗓子里挤出这两个字，然后再次迈开脚步朝前走去。

“那个……”身后传来少年清澈干净的声音，“嗯，再努力撑一下吧，撑一下就会过去的，真的，相信我。”

我停住了脚步，原来他知道我不是意外落水，原来他早早就看穿了我的小心思。即使这样，他还是冒险救了我……

说来可笑，我被最亲近的人推入绝望的悬崖，却在一个陌生人身上看到了温暖的曙光。后来，我爸妈依旧在没完没了地争吵、打架，可是我再也没有想过去死，因为在无数个我熬不下去的瞬间，我耳边就会响起那个少年的声音。

他说，再努力撑一下吧，撑一下就会过去的。

就是这个声音支撑着我走过了那段漫长的黑暗岁月，也是这个声音，让原本坠入绝望悬崖的我一点点从悬崖底爬了上来。

我的爸妈直到今天都不知道，在他们闹得不可开交的时候，我曾经想结束自己的生命。就连周卿后来知道我落水也以为只是意外，这个秘密我只在一次喝醉酒之后告诉了尤盼盼。

所以在高一新生致词的环节，顾朗出现在舞台上时，我抓紧了尤盼盼的手，我告诉她那就是当年救我的少年，尤盼盼激动地直接从位置上跳了起来。

而后，在尤盼盼和周卿的帮助下，我成功倒追到了顾朗，和顾朗幸福地牵起了小手。顾朗对我而言就是漫长黑暗里的唯一光亮，只要在他身边，我就不会再害怕。

如所有的爱情一样，我和顾朗刚在一起时也是很幸福的，情话不知道说了多少，就连最讨厌背书的我也能随口来两句表达爱情的情诗了。可是后来我们在一起的时间越长，我们的争吵就越多。说实话，错不在顾朗，而在我。那个时候的顾朗光芒万丈，有很多喜欢他的女生，那些女生中有几个会以各种借口和顾朗说话。

在顾朗看来，他和那些女生都是清清白白的。可是在我这个没有安全感的人看来，那些人无疑都是危险的。于是，我们因为这件事爆发了一场又一场争吵，起初他还会好言安慰我向我保证真的没有什么。可是后来，次数越来越多，他索性再也不理我了，甚至好几次在和我吵架之后故意和别的女生亲近来刺激我。

我们两个在一起四年，深知对方的弱点。于是在每次争吵时，都会对准对方的弱点狠命地戳下去，明知道这样对方难受自己也不会好受，可是依旧乐此不疲。

不吵架的时候，我们比谁都恩爱。就在我以为我们会这样吵吵闹闹牵手一辈子的时候，顾朗单方面终止了这场恋爱。

手机短信的铃声把我的思绪从回忆里拉了出来，我低头一看，是尤盼盼。她说，可乐，人的一生难免会遇到漫长的黑暗时刻，很多人都会被黑暗拖进深渊，你能在那个时候遇到顾朗是你的幸运，别把这份幸运变成不幸。

尤盼盼说的我怎么可能不懂，可是在当时我一门心思只想朝着我认为是光亮的地方扑去，哪里顾得了那么多。

我合上手机伸手拦了辆车，刚坐上车就接到了周卿的电话，他在那边嘿嘿一笑："可乐，我介绍个帅哥给你啊？"

明知道电话那端的周卿看不到我的表情，我还是没忍住翻了好几个白眼，这句话周卿不是第一次跟我说了。从他知道顾朗和李菲菲牵手开始，他就时不时地这样问我。

虽然每次都会被我狠狠羞辱一番，可是厚脸皮的周卿完全不当回事儿，反而语重心长地说："可乐，我可是为你好，忘记一个人最好的办法就是开始新的恋情。"

我懒得理他，骂了他两句就挂了电话，因为是周末，车刚刚驶过学校那个十字路口就堵车了，等着实在是无聊，我索性翻出手机玩了会儿小游戏。

到家时天色已经有些暗了，推开门就看到我妈坐在沙发上看电视，她面前的桌子上摆放着饭菜。看到我时，她站起了身对着书房喊道："可乐回来了，出来吃饭了。"

话音刚落，我爸就从书房探出了脑袋，在对上我的脸时微微一笑，"回来了啊，饿坏了吧？"

我点点头，把包扔在了沙发上，刚准备去拿筷子，就听到了我妈的唠叨声："先去洗洗手，你也去！"

我回头就看到我爸已经朝着洗手间方向走去了，眼前温馨的画面总让我有种错觉，仿佛那个时候的闹剧从来不曾存在过一样。是的，那场闹剧在时间的洗刷下最终归于平静，我爸和我妈在无数次争吵架、打架甚至计划着离婚之后又重归于好了。他们又过上了和以前一样的生活，可是那场闹剧却在我的青春里留下了一道丑陋的疤痕，我怎么都否认不了它的存在。

吃过饭之后，我妈和我爸在客厅看电视，我早早就回了房间，刚打开电脑登录上 QQ，就看到尤盼盼的头像一个劲儿地在跳。

“李可乐，告诉你一个好消息。”

“周卿帮你物色了个大帅哥。

“真的好帅啊，我都见过了，我觉得啊，不比顾朗差。”

我看完最后一句话差点儿一口血喷在电脑屏幕上，不用想也知道肯定是周卿觉得自己说服不了我，拉来了尤盼盼。我在心里狠狠骂了周卿几句，然后关了电脑翻开了前几天买的书。

④

回学校之后，尤盼盼果然和我说起了 QQ 上说的事情，还信誓旦旦地向我保证：“周卿介绍的那个帅哥真的不比顾朗差，去见见吧，一定得去见见。”

我很是干脆地拒绝了，结果是尤盼盼戳着我脑袋狠狠地骂了我：“你就活该吊死在顾朗这棵树上。”

我点点头表示她说得对，还不忘嬉皮笑脸地补充了句：“顾朗才是我人生中的太阳。”

尤盼盼白了我一眼，说：“得了，还真以为自己是飞蛾呢，还人生中的太阳，你也不怕你飞扑过去活活被烧死啊。”尤盼盼的毒舌我不是第一天才知道，所以很快便转移了话题。

回学校之后我的生活就再也没有平静过了，短短一周内硬是被尤盼盼拉着参加了三次不同的饭局。回去的路上我都快撑得没力气说话了，倒在床上准备休息。

“可乐，你天天吃饱了就睡就不怕胖死啊？走，起来减肥！”尤盼盼不由分说，再次对着我伸出了“魔爪”，然后不顾我的反对愣是把我拖出了宿舍，拖到了离学校不远的KTV。

“这就是你说的减肥？饶了我吧！”我在看到KTV门口站着的周卿时撇了撇嘴，哪里是什么减肥，分明是尤盼盼这个幺蛾子又想要扯上周卿这小子胡乱挥霍了。

周卿在看到我时立马就凑了过来，从兜里掏出手机递到我面前，说：“可乐，你瞅瞅……”

我狠狠瞪了他一眼，还不忘对着他的脚踩了下去。“你再没事找事，信不信我揍你啊。”

尤盼盼把我推入电梯，回头对着周卿笑了下：“得了，我们啊，还是别管她了，人家李可乐可是做好了活活被烧死的准备的。”

我刚想接话，周卿已经开口了，显然他的思维没有跟上来，他迷茫地瞅了我一眼，问：“李可乐，你不会是想不开要自焚吧？”

“自焚”这两个字在我大脑里光速旋转一周之后，我当机立断把刚刚踏上电梯的周卿给推了出去，然后快速按了关门键。

等周卿赶上来时，尤盼盼这个麦霸早已经开唱了，而我正坐在一边配合地拍手。周卿大手一挥让服务员拿了一箱啤酒过来，他拿起另一支被扔在沙发上的麦克冲我和尤盼盼喊道："来，我们不醉不归!"

因为之前跟着尤盼盼参加过饭局，早已经吃得肚皮都鼓起来，我拒绝了和周卿喝酒。谁知道周卿这小子根本就没准备放过我，时不时拿着酒在我面前晃，最终忍无可忍的我果断和他喝了起来。不得不说，就喝酒而言，周卿这个大男人就是个渣，根本不值得一战，还没怎么喝，他就开始抱着麦克风哭爹喊娘了。

唱不下去的尤盼盼瞥了我一眼，没好气地说："你都不能让他少喝点，鬼哭狼嚎影响我唱歌。"

我只好一个劲儿地点头表示知道自己错了，趁着尤盼盼换歌的时候，我凑上前告诉她我要去洗手间请批准。尤盼盼点点头问要不要带我去，我大手一挥表示不必了，这个 KTV 也不是第一次跟着尤盼盼来了，洗手间我肯定知道在哪里。

从洗手间出来在洗手池边洗手时，我看到了镜子里头狼狈的自己，不知道为什么，那一瞬间，我竟然再次想到了被顾朗从湖里捞出来的样子。

我看着镜子里的自己忍不住骂出了声："你活该，真活该！你要是不那么作死怎么可能会被甩啊!"

骂着骂着一阵心酸，眼泪就莫名其妙地掉了下来。就在这时，我从镜子里看到了不远处一个男生在窃笑。

什么？竟然笑我！我不知道哪里来的勇气，直接朝他奔了过去，冲他喊道："有什么可笑的？没……没见过人哭啊？啊？!"

我的话一出口，那个男生就愣住了，许久他才朝着我晃动了下手里拿着的手机。"我……在打电话……"

"啊，在打电话啊，sorry，sorry。"我摆摆手迅速低头朝旁边走去……

走了一会儿之后，我再次抬头时已经找不到尤盼盼和周卿所在的房间了。哎，是几号房间来着？506？509？还是532？我在大脑里迅速回想着，可是不管怎么样都想不起来。

我一摸口袋才想起来手机在包里呢，包……扔在房间的沙发上……

这可怎么办，就在我着急地四处乱窜的时候，身后传来了一个声音："你又喝多了？"

他声音里的这个"又"字迅速攻占了我的大脑，是熟人吗？我万分期待地扭头却对上了一张陌生的脸，哦，不，不能说是完全陌生，还是有一些熟悉的。他就是刚才站在洗手池旁边打电话，被我误以为是笑我的那个男生。

我看着他，刚想张嘴问"我们认识吗"，就觉得胃里一阵翻江倒海的难受，一股异味儿直直冲撞了我的鼻腔，一恶心把之前跟着尤盼盼去吃的饭全部吐了出来……

尤盼盼出来找我时，我已经被那个男生扶着在外面吧台的休息区坐下了，他在询问我是几号房间无果之后，还忙前忙后地跟着服务员帮我清理了我的呕吐物。

我刚想开口问尤盼盼怎么想到出来找我了，就看到尤盼盼对着刚刚买水过来递给我的男生就是一个笑容。“哎呀，这不是林亦然吗？来唱歌？哎，刚才是你给周卿打的电话？”

尤盼盼的话让刚刚准备伸手接水的我一下愣住了，什么？敢情这男生和尤盼盼还认识？等等，刚才尤盼盼说，他给周卿打的电话？这又是怎么一回事？

不是我好奇，周卿和尤盼盼认识的人我基本都认识，就算不认识也至少见过几次面啊，可是眼前这个被叫作林亦然的男生却完完全全是个生面孔。

尤盼盼根本没想给我解释，她一把把我从休息区的沙发上拖起来，然后对着林亦然笑的那叫一个开心，她说：“谢谢你打电话告诉周卿可乐喝多了啊。啊，对了，你也是来这里唱歌的，要不，一起？”

林亦然看了看我，然后对着尤盼盼露出了个很好看的笑容，说：“不了，我是来接朋友的，马上就回去了。”

“啊，这样啊，那改天有时间一起玩。”说完尤盼盼推着我朝房间方向走去，边走边忍不住唠叨：“可乐，你也真是的，去个洗手间都能走丢？你还得谢谢林亦然呢，如果不是他，指不定你现在还在哪儿晃着呢……”

尤盼盼说了一大堆，在得不到我任何回应之后止住脚步回头看着我，她问我：“你听到没？”

我点头表示听到了，其实尤盼盼到底说了什么我没怎么听明白，我的思维还停留在之前的那个男生，林亦然身上。

“哎，对了，你怎么知道我在休息区?”在跨进房间大门的时候，我忍不住问了尤盼盼。

尤盼盼回头白了我一眼，说：“周卿接了个电话，说有人说你喝多了在KTV休息区沙发上坐着呢，你也知道周卿喝多了说得不清不楚的，我就出去找你了。”

哦，这样啊，不对啊，我再次拽住了准备往前走的尤盼盼，我问：“那个林亦然是怎么知道我和周卿是朋友的？我不记得我和他见过啊?”

尤盼盼看了一眼正在抱着麦克风鬼哭狼嚎的周卿，然后对着我微微一笑，“林亦然啊，就是我和周卿前几天说的要给你介绍的帅哥……”

什么？我还没从尤盼盼的上句话中反应过来，她就再次对着我狠狠地补了一刀。“一个月前你和顾朗吵架，喝多酒在男生宿舍楼下哀号的时候抢了一同学的饮料，这件事你还记得吗?”

这件事情好像有点印象，那个时候我和顾朗还没有分手，在目睹了顾朗和追他的女生一起吃饭之后我和他再次吵架了。吵架之后就拉着周卿和尤盼盼去喝闷酒去了，结果一不小心就喝多了。之后不管尤盼盼怎么拉我，我都拒绝回宿舍，非得在学校乱转，结果在经过顾朗宿舍楼下看到他宿舍灯还亮着时，就号哭了一阵。

听周卿说当时我还和试图阻拦我的顾朗打了一架呢，不只这样，我还顺手抢走了一个路过的同学的饮料，泼了周卿一脸。我一直以为是周卿瞎编乱造的，后来在尤盼盼的点头下，我才知道自己做了多么愚蠢的一件事……

本来这种丢脸的事情我早就选择性忘记了，结果这个时候再次被尤盼盼提起了。

看着尤盼盼一脸严肃的表情，我点了点头，表示自己还记得。

在看到我点头之后，尤盼盼很是妩媚地对着我眨了眨眼睛，说：“可乐，那个被你抢走饮料的同学就是林亦然……”

说完，尤盼盼就踩着小碎步进了房间，只留下我站在门口发愣了。

什么？那个同学是……是林亦然?!

不只是那次，我今天还在他面前做了超级丢脸的事情！

我摇摇头告诉自己一定是喝多出现幻听了，然后紧跟着尤盼盼的步伐走了进去。那个时候我并不知道，后来，见证过两次我狼狈不堪的林亦然会在我的生命中扮演着那么重要的角色。

⑤

那次 KTV 之后，尤盼盼就很少再带着我和周卿去唱歌了。因为系里要举办的文化节，作为话剧社一员的她，忙得不可开交，根本没有时间顾得着我和周卿。

每天晚上，尤盼盼回到宿舍的第一件事情就是瘫在我床上向我抱怨排练话剧到底有多辛苦，每当这时，我只能对她抱以同情的目光并且暗自庆幸当初我没听她的话也一时冲动去报名。

说起尤盼盼和话剧社的渊源，这要追溯到刚刚开学的时候了。刚开学第一天，尤盼盼就看上了学校一个长得很像吴彦祖的学长，在得知这个长得像吴彦祖的学长是话剧社的之后，尤盼盼一个狠心就投入了话剧社的怀抱。

就在我以为假以时日她肯定可以拿下吴彦祖学长，手牵手出现在我面前秀恩爱的时候，她却在我面前捶胸顿足地吼道“他竟然睡觉的时候流口水”，“长这么好看睡着了还流口水太幻灭了，不能忍”。

于是，这个因为太累而不小心在其他人彩排的时候在观众席上睡着、并且流了口水的“吴彦祖”学长就这么从尤盼盼心中滚出去了，没了学长话剧社也不必去了，可是尤盼盼的退社路却遭到了重重阻碍。先是话剧社社长对她的赞美肯定，后是和她三观不合的副社长竟然允许她参与要公演的话剧……甚至在她递了退社申请之后辅导员都找她谈话了。虽然后来我和尤盼盼知道辅导员会找她谈话是受了社长所托，而社长嘛……自然是因为系里话剧社人员太少，跑龙套的经常找不到人……

以上种种原因，使得她现在还在话剧社里苦苦挣扎。而和最近忙翻天的尤盼盼比起来，我的小日子过得特别滋润，每天就是在图书馆、教室、宿舍转来转去的，偶尔还会跟着周卿去蹭吃蹭喝。

累瘫的尤盼盼早已没有时间再来羞辱我了，她把她的时间全部放在了话剧的彩排上。因为尤盼盼要出演话剧，所以文化节那天就只剩下我一个人在各种展览区溜达了。

在途经美术展览厅的时候，我看到周卿正站在拐角处，因为角度的关系，从这边看过去只能看到周卿一个人。可是当我蹑手蹑脚地走过去准备拍他肩膀吓他一跳时，竟然看到了站在他对面的顾朗。

顾朗也没想到我会突然出现，愣了下，随即脸上不带任何表情地望着我，说："可乐来了啊。"

在看到顾朗的那一瞬间，我准备拍周卿的手僵在了半空。从他和李菲菲在一起开始，我和他之间再没有过正面交集了，唯一一次见他还是从外面回来那天在学校门口，隔着马路。

一时间气氛有些尴尬，我竟然不知道该作何反应。

倒是周卿在听到顾朗的话之后，很是自然地转身把手搭在了我的肩膀上，笑着说："我刚准备给你打电话问你要不要一起去看尤盼盼演的话剧呢，你就出现了。"

"顾朗。"我刚准备说点什么，就看见李菲菲拿着画笔从人群中走了过来径自挽住顾朗的胳膊。"周卿也在啊。"

李菲菲和周卿打过招呼之后，就很自然地扭头望着顾朗说起了画的事情，整个过程中顾朗一直都微笑着，直到李菲菲说完他才开口："嗯，我觉得这个展览区布置得很好了。"

从李菲菲出现那一刻开始，我就知道我和顾朗的这场博弈以我输得彻底而草草结束了，他能在面对我时不动声色地和身边的李菲菲说话就代表我对于他而言已经是翻过去的一页了。

可是，我却做不到。

我还是没办法相信，当初说过爱我的人怎么能这么坦然地对着另一个人微笑又关怀备至呢。

大概是怕再待下去会刺激到我，周卿适时开口，以“要去看话剧”为理由带走了我。

出了美术展览厅之后，周卿拍拍我的肩膀，一副过来人的模样，安慰着：“可乐，我知道你心里不好受，没事，总会过去的。”

说实话，在看到李菲菲挽住顾朗手的那一刻，我心里就像是被刀狠狠地剜了一块肉一样。可是那又能改变什么呢，李菲菲才是顾朗的现任女友，而我……不过是被顾朗甩了的人。

我刚准备开口和周卿说话，就听到周卿对着人群喊了声：“林亦然，你也在这里啊？”

在听到林亦然的名字时，我想到了上次在 KTV 尤盼盼跟我说的事情，想到我曾经在喝醉酒之后抢过人家的饮料，我都觉得不好意思。

林亦然走到我和周卿身边时扯起嘴角笑了下，很自然地和我打了招呼。

周卿在得知林亦然是来看朋友的画之后，热情邀请他一起去看尤盼盼演的话剧，我刚想告诉周卿“人家都说了是来看朋友的画”的时候，就看到林亦然点头答应了。

于是本该属于我和周卿两个人的话剧社之行变成了三个人，在路上听周卿说了我才知道，原来周卿和林亦然认识就是因为一个月前我喝多酒抢了林亦然饮料的事件。说起那件事周卿还忍不住羞辱了我一番，我狠狠踩了他一脚，而目睹事件过程的林亦然只是微微笑了笑。

⑥

我和周卿以及林亦然刚刚走到话剧社，就看到尤盼盼气急败坏地冲了出来。她脸上的妆还没卸，只是换回了自己的衣服，在撞到我们时就跟没看见一样，直接越过我们，冲向了前面那个穿着黑色夹克的男生面前。

“啪”，我口中的“尤”字还没喊出去就听到巴掌的声音。在我以及周围众人惊讶的目光中，被尤盼盼打了一巴掌的男生扭头看向尤盼盼。

在看清他脸的一刹那，林亦然率先开口了：“唐昊?”

我还没来得及细想眼前这一幕到底怎么回事，就冲上前拦着了尤盼盼，虽然不知道这个叫唐昊的男生到底是怎么惹了尤盼盼，但是以我对尤盼盼性格的了解，这个时候不拦着，很有可能唐昊又要挨一巴掌了。

我不是怕尤盼盼打唐昊，而是怕唐昊生气为难尤盼盼。尤盼盼再彪悍也不过是个女生，她眼前的唐昊可不是当初没长大武力值是零的周卿。

我刚刚拦着尤盼盼，林亦然就走过来拦住了唐昊，大概他和我想的一样，怕唐昊对尤盼盼动手。

而刚刚还站在我身边的周卿已经冲过去对着唐昊伸出了拳头，周卿的拳头被林亦然拦了下来。那个叫唐昊的男生目光在我以及尤盼盼还有周围的人身上扫了一圈之后，对着林亦然开口了："放心吧，我不会和女生动手的。"

唐昊的话音刚落，尤盼盼咬牙切齿地骂出了声："无耻，人渣，败类!"

很少见尤盼盼这么冲动，正试图拦她的我一个不留神就松开了胳膊。尤盼盼直接越过我朝唐昊踹去，唐昊皱了皱眉头，很快就躲开了。

他突然靠近尤盼盼只说了一句话，尤盼盼的脸就涨成了猪肝色。挥舞着拳头被林亦然拦着的周卿见此情景，已经是满脸怒意了。我只觉得一阵天旋地转，整个脑子里瞬间成了一团浆糊。

唐昊说："又没什么好看的，用得着急成这样?"

这不是重点，重点是他在说完这句话之后上下打量了下尤盼盼，眼睛有意无意地瞄了下尤盼盼的胸部。

在尤盼盼下一个巴掌扇过去之前，他敏捷地闪进了人群。

尤盼盼撇了下嘴，然后扔下一句"你别多管闲事"，就拽着她身边的我朝宿舍走去。

我一面走一面频频回头示意林亦然看好周卿，别让他惹事，直到林亦然给我比划了个"OK"的手势我才放心。

尤盼盼一路上都没有说话而跟在她身后的我自然乖乖地闭了嘴什么都不敢问，虽然我特别好奇那个叫唐昊的男生到底怎么惹了尤盼盼，更好奇的是唐昊那句话的意思……

回到宿舍后尤盼盼一连喝了两杯水，在用极其恶毒的语言咒骂完唐昊之后才平静下来。等她彻底平静下来之后，我抱着求教的心态弱弱地问了句：“他……怎么惹你了？”

尤盼盼瞅了我一眼，然后开口道：“得了，李可乐，你不就是好奇他说那句话的意思吗！”

原来，尤盼盼和唐昊以前在一个公司的周年庆上见过，尤盼盼跟着她老爸去蹭饭，唐昊是被邀请去演出的。本来两个八竿子都打不着的人是不会认识的，怪就怪在尤盼盼这个不安生的主，在忙着和刚认识的小帅哥搭讪的时候把一大杯红酒洒在了特意穿去显摆的白色礼服上。

就在她为难之际，突然想到包里还有条紫色的裙子，虽然不是礼服，但是好歹比满是红酒的白色礼服强。在找了好久都没找到可以换衣服地方的尤盼盼，误打误撞进了演出人员换服装的地方。

尤盼盼左右看了看，并未见这里有人，便放心地脱了礼服，拿出紫色小裙子。

就在这时，她听到外面有人喊“唐昊，唐昊，衣服换好了没”。

尤盼盼在听到这个声音之后手一抖，手里的裙子直接掉到了地上。

“好了。”就在这个时候，尤盼盼看到有个男生从墙角那堆衣架后面钻了出来，在看到尤盼盼时，那个男生的脸很明显抽搐了下。

“色狼！”尤盼盼大叫一声，迅速蹲下身子捡起了裙子。

“你声音可以再大点，”那个男生一脸无所谓地看着尤盼盼，“好让所有人都知道，我看到了你在换衣服。”那个男生，就是唐昊。

在尤盼盼这个乡霸正在委屈生气愤怒时，唐昊直接越过她走了出去，离开房间时还回头对她说了句“再会”。因为突然发生的这件事，尤盼盼只给她爸打了个电话说累了，就逃也似的离开了现场。

就在尤盼盼把这尴尬一幕快抛之脑后的时候，她再一次和那个男生遇见了。对，就在她参演的那场话剧结束之后，她刚在后台换回自己的衣服，就看到那个男生正背着吉他走进来。

在看到尤盼盼时，他明显呆掉了，许久才开口说了句：“你怎么在这里?”

事情到这里为止并没有怎么样，可是就在尤盼盼准备报上次大仇的时候，唐昊很快再次开口道：“我什么都没看见，我进来的时候你已经换好衣服了。”

尤盼盼白了他一眼，话剧服装里面还有其他的衣服，就算看见了也没事，但是让尤盼盼想不到的是唐昊接下来的话，他说：“那次看见你脱衣服真的不是我故意的……”

唐昊的话音刚落，尤盼盼就看到了唐昊身后不知道什么时候突然出现的其他话剧社社员……

唐昊一看立马解释道：“我是说刚才我真的什么都没看见，上次是看见了一点点……”

唐昊在发现越解释越说不清楚之后赶紧躲开，于是尤盼盼追了出去，便有了在话剧社门口的一幕……

听完尤盼盼的讲述之后，我忍不住问道：“你的意思是那次被看完了?”

尤盼盼随手扯起桌上的杂志朝我扔了过来，没好气地说：“李可乐！这不是重点好吗！重点是那个……哎，那个林亦然喊他什么来着……”

“唐昊。”我拾起掉在地上的杂志赶紧补充道。

“对，重点是那个唐昊是个色狼，人渣!”

我看着越说越生气的尤盼盼赶紧点了点头，表示她说得对！重点不是她被唐昊看完了，而是……而是唐昊是个色狼、人渣……

周卿发短信来问尤盼盼怎么样时，尤盼盼已经骂得累了躺床上听歌了。我望着眼前的尤盼盼，思索良久发了条短信给周卿：我觉得她现在很好。

很久之后尤盼盼曾了这样一句话，有些人遇见了就是遇见了，哪怕相遇时多荒唐多狗血多悲惨，结果还是遇见了。

是的，这世界上所有的遇见都不仅仅是偶然。比如她和唐昊，比如我和林亦然，而这些遇见只不过是一个引子，它正慢慢地把我们往一条轨道上牵引。我们没有反抗的能力，只能跟着它的步伐走。

这条轨道就是传说中的命运。

Chapter two

命运的齿轮

①

尤盼盼这个人的恢复能力还是很强的，唐昊带给她的阴影很快就被她忘记了。而周卿在从我嘴里知道事情的来龙去脉之后也放弃了去寻找唐昊麻烦的念头，本来嘛，其实这件事也怪不得唐昊，人家也不是有意要偷看的。

当然，这些我和周卿只敢在私底下说说，面对尤盼盼时我们两个还是会异口同声地说：“唐昊是人渣，唐昊是色狼!”

而林亦然在那次成功阻止了周卿犯错误之后开始时不时跟着周卿出现了，刚开始的时候，周卿和尤盼盼还会说起以前准备把林亦然介绍给我的事，后来在看到我完全没有那意思之后两个人也就闭嘴不再提了。

说来也奇怪，艺术节之后我再没在学校见过顾朗了，以前还在一起的时候，我和他每天总会在学校的某个角落奇迹般偶遇。两个人分手之后，就再也没有遇到过了。倒是李菲菲，我和她经常遇见。

那次打电话之后，我和李菲菲之间再也没有什么可说的，倒是尤盼盼以各种借口难为过她许多次。其实，我比谁都清楚，尤盼盼和李菲菲的过节完全是因为我。

再次听到顾朗的消息已经是一个月之后了，尤盼盼说上周她在食堂吃饭的时候见到顾朗了。我“嗯”了声，低下头装作不在意地翻着手边的书。

尤盼盼用手指在我拿着的书本上敲了敲，说："可乐，那天李菲菲不在。"

"嗯?"我抬头看尤盼盼，她这样明显是有话跟我说。

"我当时觉得生气，就问了顾朗为什么要劈腿李菲菲和你分手……"尤盼盼顿了顿，似乎在犹豫着要怎么跟我说，很快她又继续了说道，"顾朗说了你的疑神疑鬼，脾气无常，情绪偏激起来口无遮拦乱说话，他说他也挺累了，特别想从你身边逃走，想求你放过他……"

尤盼盼的声音越来越小，我那压抑了许久的情感就在这一刻爆发了，我咬着嘴唇，泪水一点点落了下来。我只觉得绝望瞬间蔓延了全身，就像身处沼泽不停挣扎却依旧在往下深陷，我好想有人来拉我走出这片沼泽。可是，我又比谁都清楚，就算有人来，我也会推开他的手。我之所以会绝望不是因为顾朗的那段话，不是因为我被他甩了，而是我自己突然意识到了我性格的缺陷。遇上顾朗之后，我一直以为有他在身边的我终于爬出了那片黑暗，却并不知道我一直都活在那片黑暗里，从未爬出过。

曾经差点儿失去完整家庭的事情使我患得患失，这种遇到可以依赖的人就想紧紧抓着死活不放手的性格真的很可怕。在和顾朗争吵的时候我明知道我不该那样，可是我却控制不住地说出了很多违心的话。我希望在和顾朗的博弈中得到一点点可怜的安全感，我希望他会走过来抱我告诉我他在……

我性格的缺陷把我想要留在身边的温暖推到了绝境，我躲在背地里舔着伤口自欺欺人地告诉自己，是因为李菲菲的出现我才失去顾朗的，其实我心里比谁都清楚，不是这样的。

让我绝望的是，明知道是性格缺陷造就的这一切，可我还是改变不了自己。我明知道，性格太犟已经让我失去很多东西，甚至会失去更多东西，可是我改变不了，只能接受这些失去。

尤盼盼走过来抱了抱我。

她说："可乐，在那段漫长黑暗里顾朗曾是你唯一的光亮不假，可是现在，他已经成为蒙着你眼睛的黑布了。你觉得只有站在他身边才能抓牢温暖，其实不是的。安全感也好，阳光也好，那些都是自己才能给得起的，所以摘下眼前的黑布吧。"

我咬着嘴唇点点头表示知道了，可是等我真正理解尤盼盼话中的意思时已经很久之后了。那个时候的我因为一次重创再次被扔下了满是黑暗的世界里，在那些独自爬行的时间里，我才渐渐懂了尤盼盼话中的意思。

②

林亦然打电话来的时候，尤盼盼嫌弃地把我从她怀里推开了，她说："哭够了吗？哭够了的话就帮姐姐我想一想等下去吃什么，我有点饿了。”

我一脸乖巧地点头表示会好好想时，林亦然电话打了进来。他在那边犹豫了半晌才开口：“可乐，明天我生日，你和尤盼盼会来吧？”

啊，林亦然这么一说我才想起来前两天好像听周卿说过这件事情，说是林亦然生日快要到了，我当时根本没放在心上。

上次文化节之后，林亦然就开始和周卿黏在一起了，当然以周卿和我以及尤盼盼的关系，林亦然自然和我们混熟了，并且时不时以朋友的身份跟着我们一起吃饭，玩。

朋友生日当然要去了，我挂了电话后对尤盼盼说了这事。

对尤盼盼来说，只要有聚会的地方就会有她的身影，她就是个爱热闹不嫌事多的人。在确定了明天会去参加林亦然的生日聚会之后，尤盼盼和我趁着下去吃饭的时候在街上转了转，决定给林亦然买份礼物。

说实话，挑选礼物这件事情对我来说还是有些难度的，我实在不知道要送男生什么礼物。以前和顾朗在一起的时候，他生日我也不过是送了他喜欢的明星的 CD 而已，也曾下决心给他织条围巾，可是当我努力织了半个月的成品被尤盼盼嘲笑之后，便再也没动过那样的心思了。

被尤盼盼拖着在学校附近的街转了一大圈，却没看中一件合心意的礼物。我失去了耐性，随手指了下旁边的书店，说：“要不送本书给他？”

尤盼盼白了我一眼，没好气地回了句：“是不是准备送本平时你自己躲宿舍看的言情小说啊，李可乐你倒是动点脑子啊！”我和尤盼盼想了半天，最终决定买礼物这件事情还是问问周卿好了。

周卿在接到我们电话之后嘿嘿笑了起来，说：“送游戏机最好了，哪个男生不爱玩游戏啊!”

我和尤盼盼仔细一想觉得也是，最后尤盼盼给林亦然买了掌上游戏机，而我则给他买了一瓶香水。

买好了生日礼物，尤盼盼根本就没有要回学校的意思，又拉着我在街上溜达了半个小时，最后把我拖进了电影院。

看完电影出来已经有些晚了，我刚准备拦车离开，就听到尤盼盼说道：“真是冤家路窄，这个地方都能看到那个人渣!”

我顺着尤盼盼的目光看过去，一眼就看到了站在不远处的唐昊，他正在和身边站着的短发女孩说着什么。

就在我推着尤盼盼准备离开时，唐昊身边的短发女孩突然用手抹了下眼睛，从我们这个角度看过去，很明显她在哭。

“真的是人渣！色狼！竟然欺负女孩子!”尤盼盼说完把她给林亦然买的生日礼物塞进我手里，然后朝着唐昊的方向冲了过去。

我一看大事不好，立马跟了上去，可还是晚了一步。

等我跟上时，尤盼盼已经把女生护在身后了，她一挑眉毛，望着唐昊，骂道：“你个人渣，欺负小女生算什么本事!”

唐昊没想到在这里也能碰到尤盼盼，他翻了个白眼，开口道：“关你什么事啊？这么爱管闲事?”

尤盼盼这个人从来都是她欺压别人的，哪里能被人这么说，当时她就毛了，她一把把短发女孩拉到身后，然后挑衅般望着唐昊，说：“我还就管了，怎么着?”

我想上去打圆场时，尤盼盼身后的女孩子开口了，她声音有些柔柔的，她说：“你误会了，唐昊没有欺负我……我只是……只是因为别的事情……”

尤盼盼愣了下，然后昂头走到我身边，回头瞥了唐昊一眼。“他啊，这次没欺负你，指不定哪次就欺负了!”

刚刚还在抹眼泪的女孩子看着尤盼盼和唐昊，突然“噗”地笑出声来：“唐昊哥哥和我认识很久了，他不是那种人，不过……谢谢你。”

唐昊伸手拍了拍短发女孩的肩膀，然后话中有话说道：“你没事就好，我先走了，省得再被某些人当成是坏人。”

他口中的某些人自然是指尤盼盼，尤盼盼没好气地“哼”了声。在唐昊走之后，尤盼盼一把抓过短发女孩的手，关切地问“你没事吧?”

短发女孩摆摆手表示没事，还做了自我介绍，原来她叫李馨雨，和唐昊是好朋友。

尤盼盼虽然很讨厌唐昊，但是对李馨雨却没什么敌意，她很快就和李馨雨亲昵地勾肩搭背了。

让我们没想到的是，李馨雨竟然也是我们学校的，和我们不在一个系而已。

这就是我和李馨雨的第一次相见，当时我和尤盼盼唯一的感想就是，李馨雨长得真好看。我怎么也想不到，后来这个叫李馨雨的女生和我以及尤盼盼之间会发生那么多事情。

③

再次见到李馨雨是林亦然生日的时候，她是和唐昊一起推门进来。看到唐昊进门的时候，尤盼盼脸都拉下来了。倒是李馨雨在看到我和尤盼盼之后很开心地上前打了个招呼，毕竟昨天才见过面。

李馨雨和我们聊了一会儿后，就被朋友拽着去别的地方了。尤盼盼看着李馨雨的背影，幽幽地说了句："可乐，你发现没，和李馨雨一比，咱俩打扮得简直跟火鸡似的。"

我一口老血卡在喉咙里差点歇菜，横了尤盼盼一眼，这什么破比喻啊，不会用比喻你别用啊。

直到林亦然的朋友都来齐，尤盼盼还在和我讨论我们俩为什么要出现在这种美女众多的地方自取其辱。我实在忍不住，说出了我心里的想法，说句实话，尤盼盼也是个美女，当然了，她的美只存在她不开口说话之前。

在我说出自己心里的想法之后，尤盼盼狠狠地敲了下我的头。等我和尤盼盼把礼物送出去之后，我们俩就躲在角落里胡吃海喝起来。

林亦然举着酒杯朝我和尤盼盼走过来时，我们俩正在讨论吃完饭了要去哪里玩。

林亦然听到了我们的谈话，他笑眯眯地对着我和尤盼盼举起了酒杯，说："等下吃完饭一起去唐昊驻唱的酒吧玩。"

在听到"唐昊驻唱的酒吧"这几个字时，尤盼盼一连翻了好几个白眼，在林亦然去和周卿碰杯的时候，她拉着我一连说了好几句"就他还酒吧驻唱，唱的歌肯定贼难听"。

我问她是怎么知道的，尤盼盼眉毛一挑，把杯里的酒一饮而尽。"我当然知道，看他的样子就知道。"

当然，尤盼盼后来妥妥被打脸了，因为在唐昊唱完一首歌之后，有点喝多了的尤盼盼趴在我身上低低说道："没想到这个色狼唱歌还蛮好听的。"

坐在我们身边的林亦然也听到了尤盼盼的话，他笑着说道："我听唐昊说了，你们那次……他也不是故意的……"

尤盼盼"嘭"地放下手中的酒杯，瞅了林亦然一眼，吼道："不许替唐昊说话！"

林亦然和我相视一笑，默契地点头表示知道了。

顾朗和李菲菲就是在这个时候闯入我眼帘的，你瞧，这个世界说大也大，说小也小。我没想到会在这个时候、这种情况下和顾朗相遇。

他是和李菲菲的朋友一起来的，在看到我和我身边的尤盼盼时，他面无表情地扭了脸。

在他扭脸之后，我也迅速移回了目光，林亦然的声音就是在这个时候响起的。

他说："可乐，我们喝一杯吧。"

顾朗和李菲菲只在酒吧里待了一会儿就出去了，他们走之后，我也加入了尤盼盼的喝酒大军。

那天晚上，我记不清自己到底喝了多少，我是被林亦然和尤盼盼扶回去的，一路上，尤盼盼都在数落我："李可乐，你也真是的，不能喝就别乱喝，我自己都走不稳路了还得扶你！"

林亦然生日之后，周卿和唐昊的关系突然好了起来，我和尤盼盼不只一次看到他们两个一起吃饭聊天。在我问起周卿怎么回事时，周卿说他觉得唐昊这个人很够义气。

这句话被尤盼盼听到后立马噎了回去，她说："是，他够义气，你不够义气，是能玩到一起去！"

我和周卿深知尤盼盼对唐昊有诸多不满，只好闭嘴不再提唐昊的事情了。

④

再次见到李馨雨，已经是一个月之后了，在学校附近的火锅店。

当时我和尤盼盼已经吃得差不多了，尤盼盼起身去结账，我坐在位子上等她。就在这个时候，火锅店的门被推开了，走来一个穿着高跟鞋涂着红唇的姑娘，之所以会注意到这些，完全是她脸上特别明显地写着“我很不爽”几个大字。

她的脸让我想起了生气时的尤盼盼，这时尤盼盼结完账走到我身边，她捅了捅我胳膊，示意离开。

我站起来时，示意尤盼盼看向那个踩着高跟鞋涂着红唇的姑娘。“看到了没？那姑娘一脸煞气，和你平时发火时没两样。”

尤盼盼瞪了我一眼，说：“怎么着，你现在就想看看我发火的样子？”

我连连摆手表示绝对不，然后提着包跟上了尤盼盼的脚步。

我们俩还没走几步，就看见那个姑娘怒气冲冲地走到角落里，一把拽起正坐在那边的一个短发美女，然后“唰”地伸出手“啪啪”甩了那人两巴掌。

这是什么情况？

刚刚还催着我快走的尤盼盼看到之后，立马停住了脚步，我当然知道她是看热闹不嫌事大。

不只是尤盼盼，正在吃火锅的人全部齐刷刷朝那个角落望去。大概都在好奇坐在角落的短发美女究竟是怎么得罪了眼前这个一脸煞气的女人。

尤盼盼对着我神秘一笑，说：“可乐，赌500块，她们……”

还没说完，她突然住了口，那个短发女生抬起了头，朝着我们这个方向侧了侧身子。

那个人……

那个人不是李馨雨吗？

我和尤盼盼互相对视一眼，心里挣扎了下，最后一同朝着李馨雨的方向走过去。

虽说和李馨雨才见过几面，可是好歹她也是林亦然的朋友啊，我们怎么能眼睁睁看着她被人打呢。

当我和尤盼盼跑到她面前时，那个一脸煞气的女人再次举起了手，幸亏尤盼盼手快拦住了，要不然李馨雨又要挨一巴掌。

我握紧李馨雨的手，然后低声问她："怎么回事？"

看到我和尤盼盼之后，李馨雨很无辜地冲我们摇了摇头。

"关你们两个什么事啊？怎么看，想要维护小贱人？一看就是一丘之貉……"那个女人抬眼瞅了眼我和尤盼盼，然后大声吼道。

尤盼盼本来就有些不耐烦，听了那个女人的话之后，忍不住拉下了脸。"你怎么说话的啊？是不是得了狂犬病啊，逮谁咬谁?!"

那个女的一听尤盼盼这么说，立马推了尤盼盼一把，说："我怎么说话的？她勾引我老公还有理了？她介入别人家庭还正确了？"

我和尤盼盼愣了下，把目光放在李馨雨身上。

她……

我的天，不会这么狗血吧，竟然介入别人婚姻？

李馨雨慌忙摆手替自己辩解："我不知道她是谁啊？我也没介入谁的婚姻啊？"

那个女的一听李馨雨这么说，声音又抬高了几分，道：“还装无辜？敢说你没介入别人婚姻，那你现在在这等谁啊？不是在等赵国辉吗？”

李馨雨愣愣地摆了摆手，这时，一个女生朝我们这边走了过来。

李馨雨一看到她，脸上添了几分喜色，她一把拽过那个女生，然后开口解释道：“肖茵，她是我同学，我们两个一起来的，刚才她去洗手间了，你可以问问她。”

那个叫肖茵的女生显然还没弄清楚眼前的状况，半天才开口：“李馨雨，这……这怎么了？”

那个女人在听到肖茵的话之后明显愣了下，她有些不敢相信地望着李馨雨，说：“她刚才喊你什么？李……李馨雨？你不是阮小雨吗？”

我和尤盼盼在听完她的话之后彻底凌乱了，原来，眼前这个女人是认错人了。

在得知自己认错人之后，她的声音渐渐小了。“我以为你是阮小雨，对不起。”

尤盼盼冷哼一声，把我和李馨雨全部拦在身后，然后对着那个女人就出手了。

“啪啪”，两巴掌很利索地落在了那个女人脸上。

“说个对不起就完了？”尤盼盼扇了她两巴掌之后，还不忘狠狠地补了一刀，“看你胸大无脑的样子，怪不得你男人会出轨啊。”

“我都说对不起了，你怎么还打人啊？”没想到的是，那个女的不依不饶地嚷嚷开了，边嚷嚷边掏出手机。

我顺着那个女人的目光看去，马路对面似乎有几个人站在那里，尤盼盼也看到了，她大叫一声“不好”，拽着我和李馨雨迅速从旁边的位置挤了过去，然后以最快速度冲出火锅店大门，朝着学校大门方向猛跑。

“那个女的还带着人来的啊，好险。”进了校门，确定不会有危险之后，尤盼盼拍着胸脯大口大口喘气。

“不是我说你，你怎么那么冲动啊。”我松开尤盼盼的手，有些后怕地说道，“要不是我们当时快了一步，现在已经完蛋了吧。”

尤盼盼使劲掐了下我的胳膊，问我：“那你说怎么办，让李馨雨白白挨打啊，然后一句‘对不起’就完事了？”

李馨雨看着我和尤盼盼，好半天才开口：“真的谢谢你们了。”

“有什么可谢的。”尤盼盼揽过李馨雨的肩膀，“你要是真的想感谢我们，改天请我们吃饭吧。”

后来李馨雨真的请了我和尤盼盼吃饭，还是在一家很高档的餐厅。

吃饭的时候，我们还互相交换了手机号码。后来，我和尤盼盼的生活中多了李馨雨。李馨雨虽然看上去柔柔弱弱的，但是说起话来和尤盼盼差不了多少，因为这样，我和尤盼盼都把她当作了好朋友，有什么事都会顺道喊上她。

⑤

唐昊和尤盼盼化干帛为玉帛时已经到了年末，久不见雪的南城飘起了鹅毛大雪。尤盼盼从楼梯上摔了下去。

我推开病房门的时候，尤盼盼正一个人坐在病床上玩手机，看到我时她嘿嘿笑了笑。

“你怎么弄成这样了啊，我不就今天回家没陪着你吗?”我坐在尤盼盼身边左看右看，当知道只是扭伤脚踝并无大碍的时候才放下心来。

“怎么回事啊?”

尤盼盼有些不好意思地低下了头，半天不开口。

难得见尤盼盼这样的一面，我忍不住取笑她一番。

原来，在我回家之后，尤盼盼闲着无聊就打电话给周卿，在得知周卿在教室之后准备去找他玩。

下雪的原因，路上有些滑。

看见唐昊的时候尤盼盼刚好走到楼梯口处，她没想到在这里都能遇见唐昊，一时忍不住对着唐昊翻了好几个白眼。

唐昊也知道尤盼盼向来不喜欢自己，甚至可以说是讨厌自己，所以索性装作没看见尤盼盼，头一低想快速从这边离开。

尤盼盼看着低着头的唐昊忍不住小声嘟囔道：“最近是怎么回事，

怎么连阿猫阿狗都来学校乱转啊。”

她声音虽小，唐昊还是听见了，他稍微停顿了下，最后又迈开了脚步。

下雪天被人踩踏过的楼梯有些滑，尤盼盼掏出手机准备给周卿发短信，根本没注意脚底下，于是，脚下一滑，她直直朝后倒了过去。

有时候事情就是这么凑巧，唐昊还没走多远就听到了身后传来“扑通”一声。他回头时就看到尤盼盼瘫坐在地上，一张脸煞白煞白的。

尤盼盼没想到自己会这么摔下来，手机甩出了老远。

她尝试着站起来，可是脚踝处传来了钻心的痛。

就在她再次尝试站起来时，眼前出现了一双手。

尤盼盼抬头就看到了唐昊，他的眉心微蹙。

在唐昊面前丢人是尤盼盼想不到的，当然，很快她的注意力就从丢人上离开了，因为她发现自己完全不能站起来。

这一发现让尤盼盼很恐慌，她瞪大眼睛，望着唐昊半天才开口：“手，手机。”

唐昊顺着尤盼盼手指的方向看过去，才发现她的手机正静静地躺在雪地里，他快步走过去，捡起了手机递给尤盼盼。

尤盼盼这种人是哪怕自己疼死都要在别人面前表现出一副冰山模样的，她稳了稳情绪，然后开口：“谢啦，你可以走了。”

她还没来得及拨周卿的号码，手机就被人夺去了。

她抬头怒视着唐昊，问：“你这人怎么这样啊？虽说咱俩有点小过节，你也不至于这样吧？拿我电话是什么意思，要不是我现在站不起来我早揍你了好吗！”

尤盼盼说完心心里就后悔了，这下唐昊还不要笑死自己了。

就在尤盼盼胡思乱想之际，唐昊直接在她面前蹲了下来，露出个背给她，问：“能爬上来吗？”

哎？尤盼盼以为自己听错了，瞪大了双眼盯着唐昊。

半天，耳朵边再次响起了唐昊的声音。“看样子很严重啊，我送你去医院。”

尤盼盼虽然嘴硬想拒绝，可是脚踝处传来的疼痛最终让她妥协了，她费力爬到了唐昊的背上。

“他是去学校找林亦然的，没想到他会那么好心，是我以小人之心度君子之腹了。”说完之后尤盼盼睁着眼睛望着我。

“是，你怎么能把人心想得如此险恶呢，如果我是唐昊啊，果断丢下你自己撤了。”我和尤盼盼开玩笑道。

说到唐昊，我才发现从进来到现在完全没有看见他，难道回去了？

尤盼盼大概看出了我东张西望是在找唐昊，瓮声瓮气地说道：“他把我手机扔给我就出去了，说是去帮我买点东西吃，中午到现在我还没吃饭呢。”

周卿知道消息赶过来的时候，唐昊已经给尤盼盼买好吃的回来了。在看到我和周卿之后，唐昊说了医生的叮嘱，然后我们把尤盼盼送回了学校。

这件事情之后，尤盼盼和唐昊的关系终于有所缓和，而接下来十天里陪着尤盼盼去医院检查的一直都是唐昊。我和周卿因为即将到来的考试忙着各种恶补，而唐昊以自己不需要考试为由接下了照顾尤盼盼的重担。

尤盼盼脚彻底好那天，已经要放寒假了。要放假的原因，尤盼盼和周卿早早就通知了各自认识的人要组织春节前的最后一次狂欢。地点嘛，当然就是唐昊驻唱的酒吧。

Chapter three

黑暗来临的前兆

①

我被尤盼盼从床上拽起来时手里还拿着英语书，我看着书，心里却在想，这些明明应该会的考试的，时候怎么会写成那样……

尤盼盼穿着米色宽松毛衣，整个脸在大红色围巾后面显得更俊俏了。“走了走了，已经考完了还看什么书啊？”

尤盼盼把我手里的英语书扔在床上，拽着我就往外面拖。她和周卿早就组织了一场春节前的狂欢，在考试结束准备放寒假的时候，以“春节期间会很少见面”为由硬是把我拖了出去。

直到走出宿舍，我才想起来反驳尤盼盼，什么春节期间会很少见面啊，要知道我和周卿还有她家可都是在一条街上的，每天都要见好几次面。

拗不过尤盼盼，我也只好跟了上去。等到了酒吧后，才发现人早已经到齐了。推开门我就被眼前晃动着的脸吓到了，怎么这么多人？

我探着脑袋往里一看，看到周卿正朝我们这边走过来。

“来了啊，你们喝点什么？”

我刚准备开口，尤盼盼已经夸张地尖叫着向迎面来的李馨雨扑了过去。“呀，李大美女，几天没见，你又漂亮了哟，不知道的还以为你去整容了呢。”

李馨雨今天穿了件白色的大衣，扣子没系，露出里面的白色裙子，看上去甚是好看。

她也扑了上去和尤盼盼来了个拥抱，顺便也走到我身边抱了抱我。

目睹了一切的周卿羡慕地盯着我，说："你们什么时候和李馨雨这样的美女混熟的啊？"

我白了周卿一眼，说："怎么，你在打她主意？"

话音刚落，我就被周卿狠狠敲了下脑袋，他恶狠狠地说："李可乐，你个猪脑子，乱说什么！"

我撇了撇嘴，然后找了个角落坐了下来。来的人里有一大半我都不认识，尤盼盼和周卿早已经混入了人群。我索性拿出手机玩起了游戏，林亦然进来时，我刚刚打通关。

他和周卿他们打过招呼后就径自走到我身边坐下了，他拿起了桌子上放着的饮料，看着我微微一笑，问："来了很久了？"

我摇摇头表示也是刚刚到。

尤盼盼再次闯入我视线的时候，林亦然刚刚和我说完了考试的事情。以前我对林亦然了解不是太多，一直觉得能和周卿在一起玩的人大概也是不学无术的那类。可是当我们两个说起考试的时候，我才惊觉眼前这个男生学习竟是全优的。

尤盼盼手里举着酒杯，脸上红扑扑的，她说："可乐，我告诉你一件事……"

尤盼盼的话音未落，唐昊已经站上了舞台，他拿着麦克风朝我们这个方向看了过来。

“那个……我想借这个机会，告诉大家一个消息。”

唐昊的话很快就引起了人们的注意，众人齐刷刷把目光看到了舞台上，包括我在内。

“虽然是件很私人的事情，我还是想让大家见证下……嗯，怎么说呢……”唐昊挠了挠头，明显有些不太好意思，“我遇到了自己想要珍惜的人……”

唐昊接下来的话我都没再听清了，我只看到在我面前站着的尤盼盼一手拿着酒杯一手捂着嘴巴望着唐昊。

唐昊走了过来，他执起了尤盼盼的手，望着她时像是望着手里的珍宝，细声细语地说着：“我想陪着她。”

尤盼盼的脸上平添了几分羞涩，这样的尤盼盼我还是第一次见。她和唐昊十指紧扣望着对方，就在这一刻，我仿佛闻到了空气中散布着经久不散的花香。

直到周围有人开始拿着唐昊打趣，我才反应过来，站起来想和尤盼盼说点什么，却一个字都说不出来。眼前的尤盼盼让我想到了十二岁那年冬天，她站在雪地里，抓着我手倔强地说着“我才不需要他们陪”的她。不管怎么说，这个一直把自己心思藏在心里，这个无数次喝多酒抱着我说着“可乐，你不许离开我”的女孩终于找到了一个愿意陪着她的人，我突然好想哭。

尤盼盼放下手里的酒杯拉住我的手，我知道，我想说的她肯定都懂。

我紧紧握着尤盼盼的手，目光越过人群想要寻找周卿，想要告诉他“快来一起祝福尤盼盼”，可是在人影绰绰的酒吧里我却没看到周卿的身影。

②

看到周卿的时候，唐昊已经再次站上舞台开始唱歌了，尤盼盼被唐昊的朋友起哄推上了舞台。我坐在角落远远地望着这一切，周卿突然就闯入了我的视线，我冲他摆摆手示意他快过来。

周卿似乎喝了不少酒，对于唐昊和尤盼盼的事他一句话都没表示，直接趴在我旁边的位置睡着了。

我嘲笑了几句他的酒量之后，转身就对上了林亦然的目光，我刚好找不到人喝酒，就和林亦然碰了杯。

我到现在都想不起那天究竟是我还是林亦然先提起顾朗的。

反正我们两个说了很多，说着说着话题就很自然地扯到了顾朗身上。

林亦然说：“可乐，我第一次见你时，你站在宿舍楼下哭着喊顾朗，我第一次见女生这么……勇敢。”

我白了他一眼，一巴掌拍在他肩膀上，说：“得了，其实，你就是想说我厚脸皮不要脸呗，干吗还拐弯抹角啊。”说完，我忍不住哈哈大笑起来，笑完之后，我继续了刚才的话题，“其实，我还真脸皮厚，我和顾朗啊……其实，是我倒追的他。”

到现在我都还记得在尤盼盼的帮助下，我是怎么厚着脸皮把顾朗追到手的。

在迎新晚会上见到顾朗之后，尤盼盼就想了好多办法让我去接近顾朗。这些办法里包括无时无刻的偶遇，因为这个，我在顾朗他们教室门口徘徊了整整一个多月，甚至在他下课去洗手间的时候都不放过。

尤盼盼这个狗头军师一脸什么都懂地告诉我：“可乐，你要知道，一次偶遇说不了什么，无数次偶遇就会让他觉得你们真的是上天注定。”

当然了，这种无时无刻偶遇的办法还是没能让顾朗记得我，只能证明我的存在感太弱。

尤盼盼眉毛一挑，又帮我想出了个损招，她贱贱地递给我一盆水，让我守在楼梯间，等顾朗走过来的时候泼他身上，这样就可以找借口说要给顾朗洗衣服。

对于这招我一口回绝，这大冷天的，让我去泼顾朗一盆凉水，他还不废了我啊！

尤盼盼戳着我脑袋说我傻，她说：“你懂什么啊，越是冷他就记忆越深刻，到时候你就装作不是故意的就好了！”

于是，在尤盼盼的指挥和在周卿的起哄下，我真的在深秋的傍晚端了一盆水守在顾朗下课回家必经的路上。在顾朗走近之后，尤盼盼一声令下，我端着盆泼了出去。

计划是这样的，可是偏偏那个时候我一个不争气，抱着盆一起滚了出去。最后的结果是顾朗身上虽然也淋了点水，但是只是一点，其他的水全部倒在了我身上。

我坐在地上瑟瑟发抖，一个劲儿地示意尤盼盼快来救场，结果她和周卿在后面躲着死活不出来。直到顾朗把我从地上拽起来，尤盼盼才慌慌张张地跑到我身边开始大呼小叫："李可乐！你怎么走个路都能摔倒啊！"

我白了她一眼，我冷得整个人哆嗦着，一句话都说不出来了，哪里有时间陪她继续演戏啊。

倒是顾朗最先反应过来，脱了外套披在我身上，然后和尤盼盼一起把我送回了家。顾朗走后，尤盼盼一个劲夸我聪明，她说："李可乐，没想到啊，你脑子开窍了啊，你这想法比我的好多了！"

我裹着被子，喷嚏一个接着一个，我哪是开窍了，我是真的不小心的！

后来，在我生病一周去学校还顾朗外套的时候，他眯着眼睛笑着望着我，说："以后可不要离水近了，我见你两次，一次落水，一次被水淋……"

不知道为什么，看着笑眯眯的顾朗我脑子一抽，把已经快递到他手里的外套又抽了回来，然后我说了这辈子我觉得最厚脸皮的话"我要当你女朋友"。

我的话音一落，顾朗脸刷地就红了。这也难怪，那个时候虽然喜欢他的女生多，可是大都是偷偷摸摸递个小情书，折个小星星什么的，恐怕还没人就这么光明正大地说这些话。

想着反正已经说出来了不如全说了吧，我一咬牙索性把话都说全了。“你把我从水里救出来之后就开始喜欢你了，我一直在你们教室门口守着制造偶遇，可我存在感太弱，你压根都不记得我……前几天也是……尤盼盼出主意让我用水泼你，为了给你留下印象……但是……但是当时出了点差错，所以……”

顾朗就那样傻愣愣地听我说着，他的脸越来越红，我有些不好意思地别过了头，说：“就是这么个事儿，我……我就是想当你女朋友……”

说完之后，我抱着他外套逃也似的离开了现场，等跑到教室才想起来他的外套还在我这里，丢死人了，刚才是怎么想的！为什么会把外套又抽回来啊！

尤盼盼取笑我，说“怎么，你是不是觉得顾朗会拒绝你，所以想拿外套留着作纪念啊。”

我哪里还有理尤盼盼的心思，只顾看着顾朗的外套发呆。

顾朗来找我拿外套已经是三天之后了，他站在我面前吭哧半天才开口：“我来拿外套……”

我不敢抬头看他，把外套塞进他怀里就准备上楼，就在这个时候，我听到了顾朗干净清澈的声音，他说：“我想了……你那天的提议很不错。”

哎？顾朗的话让准备逃走的我僵在了原地，我回头望着他，他扭捏半天才再次开口道：“我觉得你说你想当我女朋友这件事情，很不错。”

我和顾朗就这样牵起了小手，后来尤盼盼总结，说：“可乐，你就是走了狗屎运。”

是啊，那个时候我也这样认为，你说顾朗这么一俊俏的小男生怎么就会从了一无是处的我呢。你说，我怎么这么幸运？

说完这些之后我大笑着望向林亦然，说：“哈哈哈哈，是吧，够厚脸皮吧。”

喧嚣的酒吧，吵闹的人群在那一刻突然安静了，我身边的少年望着我，他的嘴唇一张一合。

他说：“可乐，我们在一起吧。”

③

林亦然的话让我差点被刚刚喝下去的酒呛到。我刚准备拍着他的肩膀大笑着说“开什么玩笑啊”，却对上了他认真的表情。

我扔下了酒杯逃也似的离开了酒吧，直到尤盼盼追了上来。

尤盼盼在听到我的话之后白了我一眼，说：“李可乐，有人对你表白，这是好事啊，你跑什么跑啊。”

我摇摇头表示这不是什么好事，我可是被吓得够呛。怎么说呢，虽然之前周卿也有开玩笑说要把林亦然介绍给我，但是真的从林亦然嘴里说出那句话，我还是觉得不可思议。

“得了吧，你不会因为和顾朗分手就要高唱着再也不相信爱情了吧，别让我唾弃你!”尤盼盼给唐昊发了短信之后，拽着我把我塞进了随手拦的出租车，说：“走，先回学校。”

对于尤盼盼的话我没什么好反驳的，我承认和顾朗分手之后我受到了重创。不是什么爱情梦破碎了，而是……我在那段感情里清楚地认识到了自己性格的缺陷，我不觉得我能改变。这是一个原因，当然还有另一个很重要的原因，顾朗还在我心里。

回学校的路上，尤盼盼一直没有停止对我的教育。她举出了无数个实例让我去相信爱情，又告诉我就算是顾朗现在回头，李菲菲事件也成了我和他之间无法跨越的鸿沟，更何况顾朗也不会真的回头。

一路上我都在点头表示赞同，可是当她说到林亦然时，我就下意识地想要躲避。

推开宿舍门时，尤盼盼瞪了我一眼，说：“李可乐，我现在除了想说你活该想不出其他的了!”

虽然尤盼盼经常这样说我，可是在那一刻，我还是觉得要难受死了。

是啊，我活该，活该在顾朗画出的地牢里挣扎着。活该被困在悬崖边，得不到救赎。

尤盼盼大约是看出了我脸上不对劲，走过来握紧了我的手，她说：“可乐啊，你总归要相信，这个世界上会有那么一个人出现，让你原谅生活所给的磨难的。”

我点点头，这个我深信不疑，因为顾朗曾经就是那个人。

两三天后，就到了学校放假的时候，因为没有什么事可做，我早早就收拾了东西回家了。

刚回家的几天，我总会一接到尤盼盼的电话，她时不时在我面前秀秀她和唐昊的小幸福，偶尔还要感叹下，“姐姐我再也不说恋爱里的女生做作了，我给你说我早上给唐昊打电话时，被自己说话的声音恶心死了……”

我在电话这边狠狠地翻了个白眼，然后点头，说：“是啊是啊，你现在声音都恶心死了。”

尤盼盼骂了我几句，挂电话前她说：“可乐，我又要一个人过春节了。”

我刚想说“你去找唐昊陪你过啊”，门就被我妈推开了，她端着刚刚做好的点心进来。等我和我妈说完话之后才发现尤盼盼电话已经挂断了，我想了想最终发了个短信过去。你来我家过春节吧。

过了会儿才收到尤盼盼的回答，她说：“不了，我去超市买泡面了，懒得做饭”。

尤盼盼的短信让我拿着点心的手僵了下，我知道我不该说那些话。尤盼盼 12 岁的那一年，大年初一下了大雪，之所以会记得那么清楚是因为那天我和我爸我妈从乡下奶奶家回来，她自己一个人站在大雪里。

看到我时她冲着我笑了笑，我不知道她到底在雪地里站了多久，只记得我跑过去牵她手时她的手冰凉冰凉的。

她看着我，小小的脸藏在厚重的衣服里，半天才开口："我爸妈还没回来。"

那个时候的我还看不懂她脸上的期待，只是拉着她让她跟我一起回我家，家里因为春节买了很多好吃的,。我以为只要给她很多好吃的，她就不用站在大雪里等爸妈了。

结果她拒绝了我的好意，雪花落在她的鼻尖上，她的鼻子被冻得通红。她的声音里满是倔强，她说："我才不需要他们陪。"

后来我陪着她在雪地等了很久，她爸妈依旧没有回来。等黑暗开始笼罩整个城市的时候，她终于把目光从街道入口处移开了，她指了指下来喊我回家的我妈，说："可乐，你快回去吧。"

我刚想开口问她怎么办，就听她说道："没事，我有钱，我去超市买点东西吃。"

后来我才知道，因为春节的原因，附近的超市都关门了。我不知道那时候12岁的尤盼盼到底是怎么度过新年的，我只知道后来的尤盼盼什么事情都能摆平，我只知道对我来说没办法应对的麻烦事她都能得心应手地完成。

而现在……我知道，我的一些话还是不经意间让她难过了。

吃过饭之后，我决定拿点家里的东西去尤盼盼家一趟。临出去之前我给周卿打了电话，周卿那边吵得很，他说他亲戚家小孩子在他家，他头都大了，在得知我要去尤盼盼家时，他硬是要一起前去。

和周卿约好了在尤盼盼家集合之后，我就出门了。想着反正趁这个点在外转转也是好的，毕竟是春节的原因，附近张灯结彩很漂亮。

我刚走到楼下，就看到了站在路灯下手里拿着烟花的林亦然，在看到我时，他脸上的表情有些尴尬。

这是那次“酒吧事件”之后我和林亦然第一次见面，这个时候不说点什么似乎太尴尬了，我只好硬着头皮和他打了个招呼。

林亦然把手里的烟花递给我，说：“问了周卿你家地址，想着这个时候你在家，想和你一起放烟花。”

我“嗯”了一声，不知道要怎么回答。

“不知道该怎么打电话给你说，就想着……”他头一低，顿了顿，“想着自己放完了就走的，没想到你下来了……”

“啊……这样啊。”我接过他递给我的烟花，然后故作自然地说起了别的。“我刚准备去尤盼盼家，送点吃的给她……”

“可乐。”林亦然踌躇了半晌，然后开口，“顾朗的事情……我听尤盼盼说过了。她说顾朗曾是你黑暗路途的唯一光亮，所以……”

听林亦然的意思，大概是尤盼盼把我和顾朗的初遇，以及我是怎么被顾朗从水里捞出来的也一并给他说了吧……

我别过头看到林亦然一脸的认真，他继续说道：“那天我在酒吧说的话不是一时兴起，也不是和你开玩笑的。其实我也犹豫了很久，怕在那个时间说不对，第一次见你之后就开始关注你了。嗯，可乐，我知道你觉得失去了顾朗就像失去了唯一的光，可是请相信我，我会给你一场日光倾城。”

远处不知是谁在放烟花，五彩的烟花在天空爆炸开来，我不由自主地点头了。

直到很久之后，我再想起这个画面都还会觉得心里暖暖的。我看着眼前的林亦然就像看到了有人走到悬崖边上对着我伸出了手。我终于不用再担惊受怕，我终于不用在一个个失眠的晚上怨恨着自己的性格缺陷了。

我想试一试，我想摆脱眼前的黑暗和绝望，所以我鼓足勇气朝着林亦然许我的日光倾城迈开了脚步。

④

因为林亦然的突然出现我没去成尤盼盼家，周卿在 QQ 上发了他和尤盼盼一起做的饭给我看时，我也只能在家里羡慕得牙痒痒了。

对于我打电话约周卿要去尤盼盼家结果自己却缺席了的事情，尤盼盼特别生气，打电话时语气特别不好，在电话里说了一大堆，最后尤盼盼说要我请她吃饭作为补偿。

对于尤盼盼的要求我自然应允，在尤盼盼准备挂电话的时候我告诉了她那天没去她家的原因，当然顺便告诉了她关于林亦然的事情。

尤盼盼沉默两秒，然后突然开口吼了句：“你个重色轻友的小家伙!”

吼完之后她就开始追问我：“当时是怎么回事？他说了什么？你怎么回答的?”尤盼盼强烈要求我把当时的场景一点点描述给她听，就在我想着该怎么开口时，她又改变了注意，“得了，得了，等你请我吃饭的时候再详细说给我听吧。”

请尤盼盼吃饭这件事因为春节走亲戚这种事情拖到了年后。

春节刚刚过去，尤盼盼就打电话说广场附近新开了一家料理店，听别人说味道超级好。想到之前答应了请她吃饭，我自然就接过话茬说择日不如撞日，不如我们两个现在去吃饭好了。

我和尤盼盼刚在料理店坐下就看到李馨雨推门进来了，看到我和尤盼盼时，她的脸上立马添了几分笑意：“呀，你们也在这里?”

吃个料理都能遇到熟人，我和尤盼盼自然请了李馨雨，李馨雨也没有客气，在我们身边坐了下来。

“听朋友说这边新开的料理店不错想来尝尝鲜，没想到这么巧。”店内暖气很足，李馨雨坐下之后脱了大衣露出浅灰色的毛衣，整张小脸红扑扑的甚是好看。

尤盼盼一边点头一边回李馨雨的话：“我也是听说这家新开的不错想来尝尝鲜，刚好想到李可乐还欠我一顿饭，所以就拉她来做冤大头了。”

李馨雨正低着头吃东西，尤盼盼话音刚落，她嘴角扯起了个好看的弧度："嗯，蛮好吃的。"

尤盼盼瞅了李馨雨一眼，然后毫无顾忌地开口道："你和林亦然怎么暗地勾搭上的？快点一五一十地说给我听听。"

尤盼盼话音刚落，李馨雨手中的勺子就"啪嗒"一声掉在了桌子上。她捡起勺子，抬头望着我一副很不好意思的表情，说："啊，不小心，哎，可乐，你和林亦然……"

尤盼盼都问了，我自然要一五一十地回答她。于是我就把那天在我家楼下发生的事情全部告诉了她，包括林亦然说的那些话。

说完之后我瞟了尤盼盼一眼。"不是我说你，你干吗告诉林亦然我和顾朗的事情啊？"

尤盼盼放下手中的食物使劲戳了下我脑门，说："你别得了便宜再卖乖了，我这可是为了你以后的幸福着想，不是怕你死在你的上一段感情里吗？"

说完尤盼盼还不忘问对面的李馨雨："哎，你说，是不是啊？我这样做又没错。"

李馨雨不知道在想什么，半天才反应过来，然后低头附和道："嗯，是，没错。"

大概是因为我请客的原因，这顿饭尤盼盼吃得很是开心，吃到最后她特贱地望着我说："可乐，这么好吃，我可不可以打包一份带走啊。"

我还没点头，尤盼盼已经招呼服务员过来了，李馨雨就在这个时候突然指着窗户外面说："又下雪了。"

我扭头看向窗外，果然，天空里不知道什么时候又飘起了小雪花。已经二月初了，没想到还会下雪。

我在看着窗外发愣的时候，尤盼盼再次开口道："可乐，你能走出来我很开心，但是我还是要给你提个醒，你别要把林亦然当成第二个顾朗。"

我回头的时候发现李馨雨表情微微变了变，我一直以为是自己看错了并没有想那么多，对着尤盼盼点了点头。

吃过饭之后尤盼盼拽着我要去逛街，李馨雨因为有事就先走了。走之前她还略带抱歉地望着我说："可乐，今天你破费了，改天我请你们吃饭。"

我刚准备开口说不要这么客气，尤盼盼已经很利索地替我回答了："好啊，等开学之后一起。"

李馨雨走后，尤盼盼拉着我在广场附近溜达了近两个小时。对于一个常年能坐着坚决不站着，能躺着坚决不坐着的人来说，逛两个小时街等于丢了半条命。

在我的再三强烈要求下，尤盼盼终同意逛街告一段落，我们可以各回各家各找各妈了，从尤盼盼的话中我才知道她爸妈前几天回来了。

⑤

开学没多久，李馨雨拿了几张温泉票跑来找我和尤盼盼问要不要一起去。有这等好事我和尤盼盼当然同是点头了。

在温泉的热气中，敷着面膜的尤盼盼突然冒出了一句话："如果可以我真想泡在这里不出去了。"

李馨雨在我旁边歪着脑袋看着尤盼盼，说："那还不泡脱皮了啊？"

我点点头表示李馨雨说得对，尤盼盼伸出手狠狠掐了下我的胳膊，没好气地说："可乐，你最近胆子肥了哟，竟敢和别人一起挤兑我？"

我撇了撇嘴，说："这哪里是挤兑啊，我这是正常反应。"

"那好啊。"尤盼盼不甘示弱地回了我句，"那请李可乐小姐来回答我，你和林亦然发展怎么样了啊？"

说起林亦然，他倒经常找我，我偶尔也会跟着他逛逛街看看电影吃个饭之类的，其实和顾朗在一起时没多大差别，除了我和林亦然从不吵架。

我的回答显然很让尤盼盼满意，她半天才开口："怎么？不吵架是好事啊，难不成你这个装满草、情商为负数的大脑认为吵架才是好事？"

我趁尤盼盼不注意，狠狠地白了她一眼，说："我就觉得现在挺好的啊，哪里说不吵架不是好事了。"

一直在听着的李馨雨突然开口道："哎，可乐，你以前和顾朗在一起时经常吵架？”

对于我和顾朗的事情，李馨雨似乎有些好奇。

这些对话在女孩子之间很常见，没事的时候就会拿来说一说，所以对于李馨雨的问题我和尤盼盼都不觉得奇怪。

我还没开口，尤盼盼已经开口了，她说：“那是，何止是经常吵架啊，简直可以说得上是吵得天崩地裂。”

尤盼盼的话音刚落，我赶紧解释道：“我们也有很好的时候啊，一开始很好，只是后来在一起时间久了，两个人难免会有些……”

“得了吧。”尤盼盼总是喜欢拆我台，“你和他闹分手也不是一次两次了吧。”

尤盼盼这句话说得很正确，我和顾朗闹分手何止一次两次。

李馨雨看着我和尤盼盼斗嘴，笑了笑，说：“你们两个啊。”

后来我们三个的话题就围绕着顾朗和林亦然展开了。李馨雨问我喜欢林亦然什么的时候，我愣了好久。

说实话，我刚和林亦然在一起，要说喜欢，还不如说是我是想借林亦然离开顾朗带来的困境。

只是这种话……

我犹豫了好久才开口道：“就是……觉得他挺好的。”

这种话任谁听都不太会信吧，我想了想又补充道：“怎么说呢，林亦然就是恰好出现的那个人，我困在上一段感情里走不出来，他刚好出现了，所以……”

“哎？这样啊。”

我点了点头，试图转移话题。

可是没过多久，话题便又绕回到了这上面，我忍不住拿尤盼盼开玩笑：“哎，你怎么不说说你和唐昊的事情啊，要不然说说那个像吴彦祖的学长？”

尤盼盼用手指头戳了戳我的脑袋，说：“有什么可说的啊，那个像吴彦祖的学长不过是我暗恋了几天的人而已。”

从温泉出来的时候，李馨雨问我：“可乐，如果有一天让你在顾朗和林亦然之间选一个你选哪个啊？”

我愣了下，然后耸了耸肩膀，说：“你怎么问这么可怕的问题啊？”

尤盼盼从后面走过来，对着我吐了吐舌头，说：“还用想嘛，可乐这人可是念旧得很，再说了，人家以前可是做好了当飞蛾准备被烧死的准备，当然是选顾朗了。”

尤盼盼说完就开始和我打闹，我自然没有再回答的必要了。

那天从温泉回去的路上，李馨雨幽幽地对我说：“可乐，有时候真羡慕你。”

尤盼盼在旁边接道：“羡慕她什么？平胸还是无脑？”

因为尤盼盼的话，李馨雨开始和她胡闹起来，我根本来不及问她羡慕什么也被拉入了胡闹的队伍。

那个时候我们并不知道，你开始给一个人信任的时候就等同于把刀递到了对方手里，之后那把刀要怎么用，要看对方的意思了。

Chapter four

拉开帷幕的闹剧

①

新学期开学之后周卿因为家里的事情晚来报到了一个多月，等他到学校的时候，我早已经开始和林亦然光明正大地牵着小手满世界溜达了。

周卿对我和林亦然在一起的事情很惊讶，他觉得当初他一门心思想要帮我和林亦然牵线，怎么他是最后一个知道的。

尤盼盼反驳他“谁让你比大家晚来学校一个月啊”，周卿说不过尤盼盼便把目光放在了我身上，他觉得我太不厚道了。

“可乐，不是我说你，好歹我们也是青梅竹马啊，你瞧瞧，你有了男朋友不应该第一时间告诉我吗？”

“谁跟你青梅竹马啊！”我白了他一眼，然后扭头继续和尤盼盼说话直接无视他了。

被无视的周卿只好找林亦然问个明白了，他扯着林亦然非要林亦然给他个交代。

谁知道林亦然和他说了什么，他们两个躲在一旁笑得很开心。

正在和我说话的尤盼盼看了周卿和林亦然一眼，一本正经地对我说：“可乐，你瞅瞅，他们俩乐得跟狗似的。”

我刚想点头，突然觉得不对啊，林亦然可是我男朋友，怎么能用狗比喻他呢？

我瞪了尤盼盼一眼，说："姐姐，你不会比喻别乱比喻啊，怎么能说他们乐得跟狗似的……"

听了我的话尤盼盼点了点头，然后一脸认真地说道："嗯，他们乐得跟驴似的……"

算了吧，还是说乐得跟狗似的吧……

不知道是不是因为有了林亦然的陪伴，开学以后的时间里我都非常快乐。虽然周卿偶尔还会欠揍地告诉我"顾朗和李菲菲又秀恩爱了哦"，但是每次他都被我狠狠地鄙视了回去。

我当然知道周卿这人，他就是见不得我好。

不过我不和他一般见识，毕竟我和尤盼盼现在每天都是守着自己的男朋友乐呵呵地生活着，他比起我们来就有点形单影只了。

尤盼盼实在看不下去了，觉得要给周卿找个女朋友才行。

于是，在接下来的半年里，我和尤盼盼为了帮周卿找女朋友，和整个系里长得好看的单身女生都混熟了。

结果要么是周卿看不上人家，要么是人家看不上周卿，周卿这小子就一直单着了。

直到有一天，李馨雨来找我和尤盼盼说请我们吃饭。在看到李馨雨出现时，我和尤盼盼飞快地对视了一眼，然后迅速扑上前一把抓住了李馨雨的胳膊。

我们俩说了周卿一箩筐好话，包括他小时候唯一一次得了个"劳动最光荣”奖的事情都没有漏掉。

李馨雨看着我和尤盼盼尴尬地回道：“那个……虽然我没男朋友，但是我有喜欢的人了……”

什么？有喜欢的人了？我和尤盼盼各自在心里为周卿默哀了三秒之后迅速投入到了新的八卦之中，虽说李馨雨经常和我们一起吃饭、玩，但是向来都是一个人。所以，我和尤盼盼对她口中喜欢的人很好奇。

李馨雨看我和尤盼盼这么关注，有点不好意思了，她微微垂下了眼眸，许久才开口道：“有个喜欢的男生，从小就喜欢的……”

“呀，这才是真的青梅竹马！”还没听李馨雨说完，尤盼盼已经很激动了，她一把抓住李馨雨的胳膊说道，“那个男生是谁？”

李馨雨扭捏了一会儿并没有告诉我们那个男生到底是谁，说道：“是个很好的男生。”

“去告白！”尤盼盼沉思半晌，突然一拍李馨雨肩膀，“你以前没告诉过他，你喜欢他？”

李馨雨点点头，说：“嗯，总觉得两个人太熟悉了，不好意思开口……”

尤盼盼和我对视一眼，然后不约而同地开口说道：“太熟悉怎么了，喜欢一个人就要告诉他啊！”

李馨雨踌躇半晌，然后开口道：“其实，最近……我一直在犹豫，要不要告诉他。”

“这有什么可犹豫的，你那么喜欢他，当然要告诉，是吧，可乐？”

尤盼盼说完还不忘争取下我的意见，我点了点头。

吃过饭之后，我们三个一起回学校，在走到学校门口的时候，李馨雨才开口道："谢谢你们，我也觉得，我应该鼓足勇气告诉他。"

我和尤盼盼说了一大堆鼓励的话，直到李馨雨离开，我们俩还是说得津津有味。

人嘛，不都是这样，对人不对事。自己朋友做的事情，都觉得要无条件支持，从来不去想对错。可是，如果啊，如果那个时候我知道李馨雨喜欢的人是谁，我绝对不会说那些鼓励她的话。

后来，每每想起这件事我都很后悔。李馨雨有句话说得太对了，她说："李可乐，你有什么好可怜的，这些泥潭还不是你自己给自己设下的？"

②

最终没给周卿找到女朋友，我略带遗憾地把这件事情告诉周卿之后，被周卿狠狠地敲了脑袋。他不屑地瞅着我，说："我看啊，你就是现在小生活过得太滋润了，才会没事找事。"

周卿说得对，我现在小生活过得是很滋润。

上课的时候和尤盼盼坐在一起说说闲话，不上课的时候就和林亦然腻在一起。

对于我和林亦然长时间腻在一起的事，尤盼盼偶尔也会说上那么两句，不过每次我都拿出唐昊当挡箭牌，唐昊帮我避过了尤盼盼的毒舌。

唐昊驻唱的酒吧隔三岔五总会举行个活动什么的，每当这个时候，尤盼盼就会拽着我们一大群人过去捧场。

说好听了是捧场，说难听了就是去挥霍。尤盼盼是个爱热闹的人，我和周卿自然知道，所以每次都很配合。同样配合的还有林亦然和李馨雨，林亦然嘛，自然是因为我的关系。至于李馨雨，是因为我们有个共同的朋友圈。李馨雨和唐昊、林亦然本就认识，加上和我以及尤盼盼关系也不错。

啊，对了，我和尤盼盼也曾私下里向林亦然和唐昊打听过李馨雨喜欢的人是哪个，但是两个人都不知道。对此，尤盼盼很鄙夷，她觉得好歹他们和李馨雨认识那么长时间，算得上从小就认识的，怎么可能不知道嘛。

周卿站在了林亦然和唐昊这边，他很正经地回答："就是因为太熟，认识时间太长才不知道的啊。"

对此，尤盼盼毫不犹豫地反驳了回去："谁说的，我和可乐的事情，你不都知道吗？"

周卿翻了个白眼，继续道："还不是因为你们俩总给我说吗？别说李馨雨喜欢谁了，你们俩知道我喜欢谁吗？不也不知道吗？"

我和尤盼盼对视了一眼，同时爆发出惊天动地的笑声。"别逗了，你不是喜欢玩游戏吗！"

周卿似乎被我们说中了心事有点闷闷不乐，但是很快他又活蹦乱跳了，还问我和尤盼盼要不要陪他一起玩游戏。

不管他怎么介绍他正在玩的游戏多好玩，我和尤盼盼都一口回绝了，玩游戏这种事情我们俩完全不感冒。

趁着周卿和别人说话的时候，我问了身边的林亦然，问他喜欢玩什么游戏。

林亦然笑着摸了摸我的头发，说："嗯，跟着周卿玩过一段时间的魔兽。"

我点点头，说："我只玩过连连看，啊，对了，还有段时间玩过你画我猜。"

因为我的这句话，林亦然陪着我玩了好几个月的连连看和你画我猜。

不过我是个游戏废材，连连看总是找不到能连的，你画我猜画出来的东西太诡异，正常人看不懂。不过就算是这样，林亦然也没放弃我。

他总是和我进连连看 2v2 场，然后带着我和别人大战。林亦然玩连连看玩得很牛，一直都是他在那边点啊点的挣分数，而我在这边就是听听歌偶尔看看韩剧什么的。你画我猜也是，我们俩整夜守着电脑，我乱画的东西，他都能猜中，他画的我却完全看不懂。

就算是这样，我们也每天都很有兴致地玩这些小游戏。周卿知道后狠狠鄙视了我一把，顺带连着林亦然也鄙视了，他觉得一个大老爷们不玩些高端洋气的游戏，天天跟个娘们似的玩什么连连看你画我猜太不可思议了。

不只是周卿，有次我在宿舍抱着电脑跟林亦然玩游戏的时候被尤盼盼看见了，当她知道那个陪着我一起玩的是林亦然之后，也忍不住哼了一声。

在尤盼盼看来，男人就该做点男人该做的事情。

比如像唐昊一样每天唱歌，偶尔创作个曲、写个词什么的。再不济也和周卿一样，每天在网游里醉生梦死也成啊。

不管他们怎么鄙视，我依旧乐呵呵地和林亦然玩这种小游戏。直到有一天，我点开连连看发现我的积分从负数变成了三万，我才惊觉，这种小游戏，我跟着他玩蛮久了。

因为林亦然的陪伴，我终于走出了顾朗所给我带来的绝望。而顾朗，我和他再没见过面了，就像是我们尽力在躲避着彼此。虽然偶尔从梦中惊醒会突然想起顾朗，虽然心里还有一丝不甘，可是只要想到林亦然，我就会觉得特别安心。

和林亦然在一起之后，我有了一种从未有过的安全感，这种独有的安全感让我开始依赖他，我开始满足我现在的生活，我甚至想就这样一直下去吧。

③

不用去上课也不用回家的周末，我自然是躲在宿舍睡大觉，尤盼盼也是。因为昨天晚上我们俩一起去看了恐怖片的原因，所以她硬是抱着自己的被子挤到了我床上。

我是被周卿电话吵醒的，我有些暴躁，接了电话就冲周卿吼道："大周末的你让不让人睡觉啊？"

"可乐，你是猪啊，这都快十点了，还睡！我给你说件事情！"周卿在那边喋喋不休道，真不知道这家伙怎么了，这一大早跟嗑了药一样精神。

"我说周卿啊，你别一大早就跟被驴踢了脑袋一样成不？你不困我困，有事改天说！"说完之后我挂了电话，我才懒得管他要说什么事情呢。要知道，我还没睡醒，我的理智同样处于未清醒状态。

这时，尤盼盼从被窝里伸出脑袋，问道："周卿啊？什么事啊？"

我把手机塞回枕头底下，然后嘟囔了句"不知道"就准备接着睡了。

让我想不到的是周卿竟然很执着，刚刚塞到枕头底下的电话又响了。

烦人的铃声不停地响着，就在我一怒之下准备关机时，尤盼盼冒出了一句"你接了听他说完不就得了"。

想想也是，免的我关了电话他再打尤盼盼电话。

我拿起手机对着周卿喊道："我告诉你周卿，你最好说的是天大的事情，否则，我废了你！"

"放心，绝对是大事情！你听我说啊，昨天晚上我玩了一晚上的游戏!”周卿的话让我立马有杀了他的冲动，为了这个竟然打扰我的美梦!

他经常通宵玩游戏，又不是一次两次了，有什么可奇怪的。

就在我准备发火的时候，周卿继续说道：“你们之前不是说李馨雨有喜欢的人了吗？我跟你说，我关了游戏之后看到了李馨雨的状态，好家伙，她的QQ、微博、人人网统一改了啊，你快猜，她改了什么状态?”

虽然我很想骂周卿，但我还是很是配合地问道：“改了什么?”

“她把状态改成了青梅竹马大多是友情，即使有爱情也不过是一厢情愿。”周卿顿了顿，然后继续说道，“你说我以前怎么就没发现李馨雨这么有才呢，敢情那些诗人啊才女啊都是这样造成的?”

周卿继续在那边喋喋不休，我已经没听下去的欲望了，一个状态而已值得他早上扰我清梦吗?

我扔下一句“你再没事打扰我睡觉我和你同归于尽”就挂了电话。

挂了电话之后，尤盼盼再次从被窝里探出了头问：“周卿和你说什么了?”

我把周卿的话一字不差地告诉了尤盼盼，她听完之后点点头，若有所思地说：“看来李馨雨那丫头是去表白了，估计结果不乐观啊……”

我好奇地问她怎么知道。

“哎，李可乐，我说你是昨天看恐怖片把智商吓掉了还是一直都不带智商的啊?”尤盼盼毫不留情打击了我，“你想啊，改QQ、微博、人人网状态，是为了给谁看？你不会天真地以为是给那些不认识的人看的吧?”

“你的意思是?”我一直觉得那些状态就是随便抒发下心情而已啊,难道不是吗?

“废话,当然是给自己在意的人看的啊。”尤盼盼把胳膊从被窝里伸出来敲了下我的头,“等哪一天你和林亦然吵架了你就知道了。”

我把头缩进被窝里,好半天才回了尤盼盼一句。“别这样诅咒我,我和林亦然好着呢。”

可能是尤盼盼觉得和我说下去我也不理解,索性不理我了。

睡醒之后,尤盼盼给李馨雨打了电话说要一起吃饭,我知道她嘴上说是一起吃饭,其实还是关心李馨雨状态的事情。

在学校餐厅见到李馨雨的时候,我和尤盼盼吓了一跳,因为她的眼睛特别红,显然晚上没睡好。

她看到我们一时间有些尴尬,直到尤盼盼不以为然地扯了其他话题,她才开始自然地和我们说起状态的事情。

“我表白了。”李馨雨半晌才开口,“他一直把我当妹妹看,他也有喜欢的人……”

一时间我和尤盼盼也不知道怎么安慰她,只好找了别的话题随意地说着,我们三个正说着话的时候,看到林亦然和周卿走了过来。

当时我只顾和尤盼盼瞎扯,根本没注意刚刚走到我身边的林亦然在看到李馨雨时的表情,我拍了拍身边的位置示意林亦然坐下,然后继续和尤盼盼瞎扯去了。

周卿不知道在想什么，神情有些恍惚，直到后来李馨雨主动说自己有事先走之后，我和尤盼盼才打趣周卿道："你不会是喜欢李馨雨，看人状态心碎了吧？"

周卿瞥了我和尤盼盼一眼，埋头吃饭，许久才开口道："才不是，我也有喜欢的人，好吗？"

当然，我和尤盼盼只当他说这个是为了不让我们俩继续和他开玩笑，根本没想太多。

周卿在被我们无视之后就开始和林亦然说其他的话题了，我和尤盼盼对他们口中的话题完全不感兴趣，吃完饭之后就先离开了。

④

从餐厅出来陪着尤盼盼在学校逛了会儿，很是无聊，准备回宿舍的时候她突然说要去唐昊住的地方看一看。

唐昊在他驻唱的酒吧附近租了房子住，我和尤盼盼还有周卿以前去过一次。

本来我是不想去的，但是尤盼盼非要我和她一起，我想着反正在学校也没什么事情索性答应了。

"哎，可乐，你觉得唐昊唱歌怎么样？"在去的路上尤盼盼突然问了我这个问题。

“很好听啊。”不知道尤盼盼为什么会这样问我，但我还是回答了。我们这群朋友都听过唐昊唱歌的，再说了能在酒吧驻唱这么久自然很不错啦。

尤盼盼脸上带着甜蜜的笑容，她说：“他前几天还说，自己的名字总有一天会出现在音乐排行榜上呢。还说，如果那样的话，我就可以骄傲地对别人说，音乐排行榜上的那个人可是我男朋友呢。”

尤盼盼说着笑容又加深了几分，我看着也替她高兴，忍不住打趣道：“到了那个时候我也要跟着沾沾光，能和明星合影多帅啊。”

“其实啊。”尤盼盼话锋一转，“我倒不在意这些，我觉得平平淡淡的，他能时刻陪在我身边就好了。”

“嗯，是啊是啊。”因着尤盼盼心情好的原因，我忍不住和她开起了玩笑，“最好啊，让他把你带回一个大山里，然后他耕田来你织布。”

我的话果然逗笑了尤盼盼，她戳了下我脑门，说：“得了，别贫了，对了，你和林亦然怎么样了？”

尤盼盼的问题一时间让我不知道怎么回答，想了好久我才开口：“其实，你也知道，当初答应和林亦然在一起是因为……我想有个人带我走出困境。可是，后来在一起时间长了，我倒觉得他也蛮好的，他总是能让我安心。”

尤盼盼点点头，然后握紧我的手，说：“可乐，这样就好。我啊，没什么其他的愿望，就是希望你好，我也好，周卿也好。哎，对了，我们是不是要再帮周卿找个女朋友啊？”

我当然赞同尤盼盼的提议。

我和尤盼盼以一种傲然的姿态出现在唐昊租房的门前时，打开门时他明显被我们吓到了。

“怎么来了也不提前说下？”唐昊站在门口有些不好意思地挠了挠头，“你看，我什么都没准备。”

尤盼盼直接走进了屋子里，说：“有什么好准备的，男生的房间我和可乐又不是没去过。”

尤盼盼这句话没胡说，我和她经常去周卿家玩，当然每次都是毫无预备地出现在周卿家门口，对于周卿那个衣服乱扔的房间我们也不是一两次看到了，早就免疫了。

“嗯，她要来个突击检查，看你有没有金屋藏娇。”我边说边跟在尤盼盼身后进了屋，进屋的时候我才发现，唐昊的屋子比周卿的屋子干净整洁多了。何止是周卿，我的屋子都没这么整洁。

我的屋子到底有多乱，周卿和尤盼盼都是知道的，尤其是我那张大床。周卿曾经在我家一脸诧异地看着我在乱糟糟的全是娃娃和衣服的床上随手拿起一个橘子淡定地剥了皮塞进了嘴里，从那之后每次我和尤盼盼说他屋子乱的时候他总会惟妙惟肖地模仿下我吃橘子的场景。

我和尤盼盼在唐昊屋子审视一番，坐在了沙发上。

唐昊起身给我们倒水的时候，尤盼盼的眼光被茶几上扔着的一张广告纸吸引了。

我不记得尤盼盼有喜欢看广告纸的习惯啊，我把头伸了过去却一个字也没看清，忍不住问道："是什么？卖化妆品的还是衣服的啊？"

我话音刚落，唐昊就端水过来了，尤盼盼就在这个时候伸手拿起了广告纸，然后脸色微微变了下。

我接过水说了"谢谢"之后再次把头靠了过去，问："喂，不会是整容医院的广告吧？"

唐昊也注意到了尤盼盼的表情，开口想要说什么，最终只是看着我抱歉地笑了笑。

"这是什么？"尤盼盼把手里的广告纸扔到了茶几上，广告纸里露出了一张表格。

"这是……"

唐昊开口的时候，我已经捡起了茶几上的表格，上面写着几个大字"闪耀新星报名表"。

我一愣，随即笑着看着唐昊，说："呀，这报名表是随便发的吗？"

我真的只是随意地问了句，没想到我说完之后尤盼盼的脸色更难看了。

她直接从沙发上站了起来拽着我朝门口走去。

"那个……"唐昊想说什么已经晚了一步，我已经被尤盼盼拽着走出了门。

我脑袋里一片混乱，完全不知道到底发生了什么事情。我想不明白，为什么一张广告纸会让尤盼盼那么不高兴。

直到走了好远，尤盼盼才停住了脚步。

她的声音有些颤抖，她说："可乐，怎么办，不安已经把我围得水泄不通了。"

聪明如尤盼盼，她一早就知道安全感是自己才能给自己的，她也对我说过很多遍。可是，在看到唐昊茶几上那张广告纸和报名表的时候，她的心里也滋生出了一丝惶恐。

这是恋爱里的女生都会遇到的，比如尤盼盼，比如……我。

可是我却不知道要怎么开口安慰她，更不知道要和她说什么。因为我比谁都清楚，尤盼盼那些被她压在心底的恐慌。

⑤

尤盼盼一连几天都不和唐昊说话，我和周卿想了很多办法都失败了。唐昊好几次都说要和她谈谈，她却扔下一句"你不去报名我们再谈"。

我和周卿为此也批评过尤盼盼，觉得她大可不必这样逼唐昊，唐昊想去参加选秀是他的梦想，作为女朋友她应该支持才对。

尤盼盼盯着我和周卿看了数秒之后才慢慢开口道："我就是自私，我只想自私地把他圈在我身边，可以吗？"

说完这句话她就扔下我和周卿走了。

没办法，我只好找了唐昊准备和他谈一谈。和唐昊谈过之后，我才知道，对于报名事件，唐昊一开始也跟尤盼盼提过。当时尤盼盼就说了自己只是自私地希望唐昊在自己身边，而且唐昊当时也答应了尤盼盼不再去报名的事情。

可是没想到尤盼盼在他家里看到了那张报名表。

我看着眼前伤心的唐昊，那句压在心底的话最终没有问出口。其实，我很想问他，你是真的决定要报名参赛了吗？

后来我说了很多好话，尤盼盼才原谅那天我和周卿站在唐昊立场上的这件事情。于是在一个周末，尤盼盼主动打电话让我去她家玩。

我去的时候，尤盼盼正在喝酒。她头发随意地散在一边，盘腿坐在地毯上，看到我时露出了一个笑容，说："可乐，你来了啊。"

我歪着头看了看，家里似乎只有她一个人。

尤盼盼大概是看出了我的想法，她解释道："我爸妈有事出去了，不在家。"

我点点头走到她的身边，试图把她从地毯上拖起来。

"来，坐啊。"她非但没有要起来的意思，反而拍了拍自己旁边的位置，示意我也坐下。

我拗不过她，只好盘腿坐在了她的旁边。

"可乐，你是不是觉得我很不可理喻？"尤盼盼并不看我，仰头喝了一口酒，笑道，"是不是觉得我很自私，是不是觉得……这件事是我的错啊？啊？"

尤盼盼显然喝的有点多了，我一时间不知道该怎么说。其实如果让我站在其他人的角度，我真的会觉得是尤盼盼不可理喻，毕竟……参加比赛成为歌手是唐昊的梦想，而作为唐昊的女朋友，她应该支持他才对。

可是现在，看着眼前的尤盼盼我果断地扔掉了我的那些想法。

“可是爱情，怎么可能不自私呢。”尤盼盼嘴角勾起了一抹苦笑，“你知道吗？可乐，我小时候啊看见的总是爸妈忙碌的身影，甚至连春节都是自己过的……那个时候，我就特羡慕你，羡慕你爸爸妈妈陪在身边，羡慕其他人……我当初喜欢上唐昊也是因为在我脚扭伤的那段时间，都是他在照顾我，在陪着我。那个时候你和周卿都在为考试忙来忙去的，我一个人特别孤单，如果不是唐昊在，我不知道我当时要难过成什么样子了……”

尤盼盼放下酒杯，把头靠在我身上，继续说：“他陪着我，我觉得很好啊。可是，他突然说他想去参加比赛，可乐，你知道爱情最怕什么吗？”

我摇摇头不知道要怎么回答。

“是距离啊。”她的声音带着些许哭腔，“唐昊是该有更大的舞台，可我真的怕当他站在最顶端的时候，身边会有很多很多陪着的人，而我……却只能偷偷地躲在背地看着他……我自私吧？可爱情本来就是自私的。我只是想，只是想有个人可以安安静静地陪着我。”

尤盼盼说完这些话早已经哭成了个泪人，我能做的也只是陪着她听她说完这些话。

再后来，唐昊来电话了，我不知道他在电话里到底跟尤盼盼说了什么，我只看到尤盼盼从失控慢慢变得像个无助的小孩子。

“那你不会丢下我的，对不对？”我竟然从尤盼盼的声音里听出了乞求，她把自己赖以生存的最后一根稻草递到了唐昊手里，希望对面的人可以给自己安全感，希望对面的人可以让自己安心。

那个时候我们都忘记了她曾对我说过的那句话，安全感向来是自己才能给自己的。

尤盼盼的情绪终于慢慢恢复了稳定，我看了看时间也有些晚了，把她扶了起来，让她回屋子里去休息。然后帮她把客厅打扫好，安安静静地走了出去，顺便帮她锁好门。

不知道是不是长时间待在屋子的原因，刚出去的时候竟然觉得有些冷。

Chapter five

①

刚从尤盼盼家出去没多久我就接到了林亦然的电话，他问我在哪里，还说学校附近似乎有什么歌舞活动，问我要不要一起去看。

本来我是准备回家的，可是听到电话里林亦然声音的那刻，我突然好想见他，于是便去了。

看完歌舞活动之后，林亦然带着我在学校附近的老街转了转。这条街我没少走，因为我以前的高中就在这附近。

林亦然去给我买棉花糖的时候，我看到了顾朗，他穿着白色衬衫站在离我没多远的地方打电话。我已经很久没有见到顾朗了，算起来有大半年了。

这个角度看着他突然有些伤感，和顾朗在一起的时候我曾勾勒过我们的以后，只是没想到再见面，却是这种情况。

顾朗显然也看到了我，他挂了电话之后朝我这边看过来。

就在我准备要走的时候，林亦然走了过来，他把棉花糖递到我手里，然后牵起我的手对着我笑了笑。

等我再抬头的时候顾朗已经不见了。

“怎么了？”林亦然顺着我的目光看过去，顾朗刚才站着的地方早已空空如也了。

我摇摇头笑了笑，咬了一口棉花糖，很甜。

林亦然带着我在老街转了一会儿之后，我们俩进了街边的一家小餐馆。那家小餐馆我高中时期经常去，和尤盼盼、周卿、还有顾朗。

那个时候我和尤盼盼还会一边吃饭一边嫌弃味道不好，读大学之后，就很少再来老街了，因为各自手里都开始有大把零花钱，我们再也没有来过这个地方了。

林亦然问我吃点什么，我想了想点了份米线。

在米线端上来那一刻，我突然觉得像是回到了几年前。

尝了一口，依旧是记忆里的味道，那个曾被我嫌弃的味道此刻吃起来却如此美味。

这家小餐馆的氛围特别好，这个时间，有很多穿着校服的高中生在店里吃饭。我和林亦然坐在角落里，一边吃米线，一边忍不住忆起自己的青葱年少。

林亦然告诉我他初、高中都是在外地的舅舅家上的，那个时候他爸妈工作还未调回南城。他向我描述了那个我从未听说过的沿海城市，他说那里夜晚的时候车水马龙，灯光阑珊很是好看。

说完之后，他望着我，眼里满是真挚。“可乐，等毕业了，我带你去看看，去看看那个我生活了好几年的城市。”

我点点头。

林亦然说完之后，我就打开话匣子说起了我的高中生活。从那个被我嫌弃了好久的校服开始说起，到我和尤盼盼逃课去听喜欢的歌手的演唱会，再到和周卿因为一些小事吵闹还彼此发誓说再也不理对方……

说到曾在学校大会上念检查事件的时候，我心里难过了一下。高中时期，我和尤盼盼曾不知天高地厚地惹了外校的一个女生，结果该女生找了一群小姐妹把我们堵在了学校。那是我和尤盼盼第一次和女生团体起冲突，对方人那么多我们明显不是对手。最后还是匆匆赶来的顾朗和周卿解决了这件事情，在我们看来这不算是什么大事。

可是不知道谁把这件事告诉了班导，结果我们因为打架一起在学校的大会上念了检查。念检查的不只我和尤盼盼，还有顾朗和周卿。天知道他们俩有多无辜，他们和对方有人认识只是说了几句话就摆平了这件事，根本没有动手打架。

就是在那个念检查的午后，站在我身边的顾朗偷偷地勾了勾我的手指，当着全校师生的面。好在勾手指事件老师没有发现，否则，我和他又要再写一篇“再也不早恋”的检查了。

可能是我突然的沉默让林亦然有些不安，他拍了拍我的肩膀，似乎想要说点什么。

为了打破这尴尬，我只好找了其他的话题来说。

可是，我的话并没有说完，周围的空气就像是凝固了一样，那些吵吵闹闹的说话声越来越远，直到我耳边一片寂静。

林亦然突然俯下身吻了我……

我把那天在餐馆的事情告诉了尤盼盼，包括遇到顾朗的事情。尤盼盼听完我的话之后半晌才开口：“可乐，有些话我必须告诉你，顾朗之于你已经是过去式了，林亦然把你从悬崖底拖出来，你就不要再下去了。”

我点点头表示知道了，虽然这样答应着可是心里还是有个地方开始有了微微的痛感。毕竟顾朗是我第一次喜欢的人，用了整整四年喜欢的人。其实，很多时候我会觉得有点对不起林亦然，我以为我再也没办法用爱顾朗的办法去爱其他人了，包括林亦然。

那个时候的我以为只有轰轰烈烈的才算得上爱情，却不知道这个世界上还有种爱情的模样是依赖和陪伴。

尤盼盼看我点头之后就把目光放在了桌子上的杂志上，我刚把头凑过去准备和她一起看，就听到她说：“可乐，我和唐昊……和好了。”

我刚准备和她玩笑，就听到她继续说道：“我不再阻止他去报名的事情了，这件事是我自私了……”

她说完之后望向我，眼睛了多了一丝莫名的神色。

我知道，她潜在的不安因素又在作祟了，我只好转移话题来逗她笑。

②

唐昊前往那个沿海城市参加海选的前一天，在他以前驻唱的酒吧举行了一次狂欢，这场名为“送别”的狂欢在夜幕来临的时候拉开了帷幕。

我刚进门就看到周卿一手拿着酒杯一手拽着李馨雨在说着什么，看到我时，他松开手朝我走过来，说：“可乐，你怎么这么晚才过来？”

周卿边说边朝门口望去，我知道他肯定是在找尤盼盼，我说：“她在外面打电话呢，马上过来。”

我刚说完，尤盼盼就推门进来了，她进来的时候站在周卿身后的李馨雨朝前走了一步，亲昵地朝着尤盼盼伸开了怀抱。周卿翻了个白眼，对着李馨雨开玩笑道：“哟，我来的时候也没见你这么热情啊？”

李馨雨笑嘻嘻地凑过去不知道在尤盼盼耳边说了什么，尤盼盼立马冲着周卿大笑起来。周卿做出要打人的姿势和尤盼盼闹了会儿之后钻进了人群中，尤盼盼刚走到我身边，唐昊就走了过来。

唐昊看到我时不好意思地挠了挠头，说：“啊，可乐啊，我要先带尤盼盼去见下那边的朋友……”

我顺势拉着尤盼盼的手和唐昊开玩笑道：“怎么？这么快就想把尤盼盼从我身边夺走？我可不放她走。”

唐昊做出无奈的动作，说：“那……我去带着我朋友一个个来见你们?”

他边说边做出要往那边去的动作，我把尤盼盼推到了他身边，说：“得了，得了，省的你朋友们说我们家尤盼盼不懂事，你们去吧。”

唐昊带着尤盼盼朝着酒吧一角走过去，那边都是唐昊的朋友，很多我都是第一次见。我站在后面望着尤盼盼和唐昊的背影，忍不住和刚刚走到我身边的林亦然开玩笑道："你瞧瞧，他们像不像新婚夫妇啊？"

林亦然伸手摸了摸我的头发点点头表示是，我回头的时候刚好对上李馨雨的目光，也许是没想到我会回头，她脸上一怔，笑望着我。不知道是不是我的错觉，我总觉得李馨雨今天有点不太对劲，我并没有想太多，只当是她心情不好。

周卿来找我拼酒的时候我很爽快地同意了，虽然林亦然百般阻拦，他甚至捏着我脸说道："你要是喝多了，我可不送你回去。"

即便林亦然这样说，我也没停止和周卿拼酒。周卿这小子明明酒量不行还特爱找人喝酒，我喝了一大口看着周卿说："要是今天你再喝趴下了，你就去挂个签名说自己是废物，好吗？"

对于我的提议，周卿欣然答应，并且拍胸脯保证自己绝对不会喝趴下。

周卿这小子的话什么时候可信过啊，哪次不都是喝的爹妈都不认识，毕竟和他从小一起长大的，我还能不知道他几斤几两。

我和周卿越喝越上瘾，两个人无视了其他人，只想着要让对方喝趴下。等我和周卿喝的差不多的时候，尤盼盼也跟着唐昊和唐昊的朋友一个个打过了招呼，她走到我和周卿身边夺下我们手里的酒。

"我说你俩，这是逮着不用你们掏钱的酒了就这样喝？"

我和周卿对视两秒然后双双点了点头。

尤盼盼对着我们俩脑门就是一拍，佯怒道："得了，少喝点。"

迫于尤盼盼的淫威，我们俩只好放弃了继续喝下去的想法，然后陪尤盼盼听刚刚走上舞台的唐昊唱歌。

唐昊刚一开口，尤盼盼就紧紧握住了我的手，我听到耳朵边尤盼盼洋溢着幸福的声音，她说："可乐，唐昊送了我尾戒。"

尤盼盼把手伸来给我看，我看到她小拇指上戴着一枚非常好看的尾戒。

我刚准备惊呼"好看"就听到尤盼盼继续说道："他说，以后要用这个换婚戒呢。"

尤盼盼的脸上满是幸福，看向唐昊的目光里也有着无法比拟的甜蜜。

我握紧她的手，一个劲儿地说着"我真的好开心，真的"。

一直不说话的周卿突然开口了，他说："我也很开心。"

我和尤盼盼同时回头瞪他，说："你呀，快点去找个女朋友，我们就更开心了。"

舞台上唐昊第一首歌演唱完毕了，台下都是喝彩声，我看到周卿动了动嘴唇，他到底说些什么我却没听清。

和尤盼盼说了会儿话之后，我突然发现身边的林亦然不知道什么时候不在了。我问周卿看到林亦然了没，他摇摇头，然后用手指戳了戳我脑袋，说："可能去洗手间了吧，我说可乐，他一个大男人还能丢了不成？"

我撇了撇嘴道："我就是问问，又没说什么。"

我朝着人群里看了看，并没有看到林亦然，可能真的去洗手间了吧。

③

就在这时，我包里的手机突然震动起来，我掏出来看到屏幕上显示“老妈”两个字时差点一个手抖把手机扔出去。

我没想到我妈这个时候给我打电话，如果让她知道这个时候我还在外面玩肯定要被骂死了。

我指了指手机屏幕上的字给尤盼盼看。

尤盼盼在看了我手机屏幕之后给我指了指洗手间的方向，她趴在我耳朵边说道：“这里洗手间隔音效果挺好的，上次我在这里接我爸电话，他都没怀疑，你快去吧。”

说完之后尤盼盼就转身和周卿说话了，我抓起手机朝着洗手间跑去。

果然，尤盼盼说的没错。这里洗手间隔音效果就是好，我告诉我妈我在宿舍看书她都没怀疑。挂了电话之后，我照了照镜子，然后做出了个“OK”的姿势，没想到我也可以说谎话脸不红心不跳了。

出了洗手间没几步就和一个穿着小短裙的女生撞在了一起，我一边道歉一边时不时瞅她身上的短裙。那条裙子我和尤盼盼前几天逛街也看到了，当时尤盼盼差点一个激动买下来，无奈没有小号了她不得不放弃，后来她还念叨了好几次呢。所以在看到这裙子时我就忍不住多看了几眼。

多看几眼不打紧，眼的余光却在离开裙子时看到了拐角处的两个熟悉的身影。

我听到了有什么“啪嗒”碎掉的声音，一时间，有什么画面突然再次占据了我的脑海。

我隔着来来往往的人群，看着拐角处的两个人。

短发女生正依偎在男生怀里。

这是多美好的画面啊，如果……那个女生不是李馨雨，那个男生不是林亦然的话……

我感觉到心里某个地方开始隐隐作痛了，就像是我第一次撞见顾朗和那个喜欢他的女生一起时一模一样。

我已经分辨不清楚我到底是因为被勾起的记忆而难过，还是因为看到眼前的两个人而难过……

我只知道我的心里憋了一口气，咽不下去吐不出来。

我从不曾想到来洗手间接个电话也能撞见这么狗血的场面，我的思维在停顿了两三秒之后又飞速地运转起来。我也不知道自己怎么想的，连冲上去质问的机会都错过了，就这样隔着人群看着李馨雨从林亦然怀里出来，看着李馨雨突然朝我这个方向看过来。

然后我就像做错了事情一样飞速地跑出酒吧，拦了辆车报出学校地址之后就瘫在了座位上。

期间我电话响了又响，我都没动手碰它，直到车租车停在学校门口，我下车后才接电话。

电话那端是尤盼盼的声音：“我说可乐，你不会死在洗手间了吧，啊?”

我点点头，许久才从喉咙里挤出一个字：“是。”

电话那端人声鼎沸，大概是有什么好玩的事情，连尤盼盼也隔着电话“哈哈哈”大笑着。

“电话打完了就快回来，这会儿正好玩呢!”尤盼盼说完就挂了电话。

我看着已经挂掉的电话苦涩地眨了眨眼睛，却没有眼泪流出。

我回到宿舍的时候再次接到了尤盼盼的电话，这次她声音里多了几分焦急：“李可乐，你接个电话接哪里去了啊?”

“宿舍。”我坐在床上握着手机，面无表情地回答。

“你干吗自己跑回去了？不会是大姨妈来了吧？提前走也跟姐姐我说声啊，真是的。”尤盼盼扔下这句话就挂了电话，难怪尤盼盼会这样想，以前她带着我去蹭饭结果我偏偏姨妈中途来，不得不自己先溜回宿舍，没想到她现在还记得。

一分钟之后，我收到她的短信：我马上回去，要不要帮你捎包卫生棉啊?

我没有回尤盼盼的短信，起身关了宿舍的灯之后再次躺在了床上等尤盼盼回来。宿舍在那一瞬间安静的有些可怕。桌上我前几天刚刚从淘宝买回来的小鸭子闹钟正在不知疲倦地走着。

在这种“滴答”声里，我抱着双膝盖想了很多，当我因为顾朗陷入绝望边缘的时候，是林亦然把我从绝望里拉出来的。可是，现在他和李馨雨却双双把我推下了深不见底的悬崖。我只知道自己一直在往下掉，到底什么时候会摔个粉身碎骨都不知道。

更让我难受的是我一直把李馨雨当成朋友，虽然不是和尤盼盼周卿那样的亲密朋友。不知道为什么我突然想到了她说她有喜欢的人那件事情，她口中的那个人就是林亦然吧？那么，她一早就对林亦然表白了？也就是说林亦然很早就知道她的心意了？

想到当初我和尤盼盼还鼓励她去表白我就觉得一阵寒冷。

等记忆中那些细枝末节一点点串联起来时我只觉得更冷了，我咬了咬嘴唇，终于下定了决心。

这种沉寂最终被回来的尤盼盼推门开灯的声音打破，她站在门口望着我一脸狐疑地问道：“痛经了？不早说，楼下药店还开着门呢，我还能顺便帮你捎盒月月舒呢。”

我摇摇头，不知道怎么开口告诉她。

“要帮你倒水吗？”尤盼盼把卫生棉扔到我身边，然后去拿杯子。

“不是。”我拽着尤盼盼的手摇摇头示意她不要再忙下去了，“我没有痛经，也没有来姨妈。”

尤盼盼回头望着我，一脸的不可置信，她问道：“那你怎么了？怎么好好的跑回来了？还一副痛经的样子？不会是打电话露馅了，你妈知道你撒谎了吧?”

我咬着嘴唇连连摇头，我还没想好要怎么告诉尤盼盼，我看到了自己的男朋友和自己的好朋友抱在一起这种狗血事情。

“那你到底怎么了?”尤盼盼在我床边坐下，望着我，“你倒是说话啊，急死我了。”

“我要和林亦然分手。”这句话从我嘴里吐出来时，我只似是有利器在我心上狠狠地剜了一刀。

尤盼盼在听完我的话之后用手摸了摸我的额头，一副完全不知道我在说什么的表情，问道:“你不会是烧糊涂了吧?”

我摇摇头表示我没开玩笑。

“可乐……”尤盼盼的表情突然严肃起来，她望着我，“虽然作为朋友，我要无条件支持你，但是……顾朗是不是联系你了？你是不是又觉得……”

“不是。”我打断了尤盼盼的话，她会那样想我一点都不奇怪，毕竟在她看来林亦然简直就是男朋友中的模范。

不只是她，如果不是亲眼看见，打死我都不信林亦然能做出那种事情来。

在尤盼盼的追问下，我把从洗手间出来时看到的事情告诉了她。尤盼盼听完之后，脸立马就黑了下来，她一把拽过我的胳膊，说:“你就那样逃回来了？你怎么不上前给他们一巴掌呢？你就这么被人欺负啊!”

尤盼盼很生气，她朝宿舍门口走去，怒道:“不行，我要去找李馨雨那贱人。”

我走上前抓着尤盼盼的手，对着她摇了摇头。

“发生这种事情，你怎么忍下去的？你那个时候怎么不告诉我啊？”尤盼盼看着我一脸的无奈，“你脑袋里都塞了什么啊？”

我撇过头不敢和尤盼盼对视，我之所以慌张逃离不告诉她就是害怕她知道之后会当场去找林亦然和李馨雨。我害怕在众目睽睽之下像个小丑一样演绎着这场闹剧，我更害怕看到或同情或玩笑的眼神。

④

我给林亦然发“分手吧”三个字短信的时候，尤盼盼已经爬上床准备睡觉了，她钻进被窝之后对我说道：“可乐，分手这种事情还是当面说清楚好。”

我并没有接腔，在确认短信发送成功之后我就关了手机，时间一分一秒地过去了，我却越来越清醒，没有一点睡意。

尤盼盼已经睡着了，我睁着眼看着天花板，就在那一瞬间，我特别想回家。

直到窗户外天色渐亮我才有了一丝睡意。

我醒来时尤盼盼已经出去了，墙上贴着她前几天逛街时商场做活动送的便利贴。我凑近一看，上面写着一行字。

“想让你多睡会儿就没喊你起床，我去车站送唐昊了。”

我拿起笔在下面画了张笑脸，然后起床洗漱。

洗漱完之后我翻开课程表看了看，这两天并没有什么课，在学校待着也没事就想着不如回家转一圈好了。

收拾完东西才想起来要给尤盼盼说下我回家的事，开机之后跳出来几条短信。

有几条是周卿发的，是说昨晚我提前走的事情。

还有两条是10086发的，提醒我手机要欠费了。

这些短信中唯独没有林亦然的，我承认在开机的那一瞬间我还是抱有一丝丝期待的，我期待着能收到林亦然的短信。

哪怕他只是询问我分手的原因也好。

可是，他什么都没说。

我努力不让自己去想和林亦然有关的事情，然后给尤盼盼打了电话，结果却没有人接。想必是在和唐昊说话没听见吧，那等到家再打好了。

尤盼盼打电话来的时候我已经到家了，我刚推开房间的门电话就响了。

“你早上给我打电话那会儿我在车站呢，人太多，没听到。”尤盼盼在那边解释道。

“嗯，猜到了，这两天没课，我就先回来家了，过两天再去学校。”

“好。”电话那端尤盼盼说完“好”字之后顿了顿，又继续说道，

“可乐，林亦然刚才找我了。”

林亦然去找尤盼盼了？这事情有点出乎我的意料，我愣了下，然后以不太想谈这件事为借口挂了电话。

挂了尤盼盼电话没多久，林亦然电话就打过来了，电话里他的声音有些低沉，他说：“可乐，我们当面谈一谈吧。”

我想也不想就拒绝了他的要求，我直接告诉他：“我觉得我们没什么可谈了。”

“可乐，我听尤盼盼说了，李馨雨那件事是你误会了。”林亦然解释道，“李馨雨是喜欢我，她以前也表白过，当时我就给她说清楚了我有喜欢的人……

“如果你是因为其他原因和我分手的，我不会缠着你，但是可乐，这件事情你真的误会了……”

林亦然的这些话就像是钢针一字一句扎在我心上，我知道我情绪一失控就会说出偏激的话，我已经努力控制自己了可还是没忍住。

“我误会？你们两个都抱在一起了好吗？难不成要等捉奸在床？”

许是没想到我会这样说，电话那端陷入了沉默。大概两三秒之后，林亦然又开口道：“可乐，你先冷静下来听我解释，那天李馨雨喝酒喝多了在洗手间那给我打电话，我怕她一个女孩子出什么事情就过去了，我没想到她会突然抱我啊……”

挂了林亦然的电话之后我的情绪更加低落了，这种低落的情绪整整维持了两天都不见好转，两天里我都待在自己的房间里很少出去，除了吃饭的时候。

终于，我在家里待到第三天的时候，我妈忍不住问我："可乐，你在学校遇到什么事情了？"

我摇摇头。

"那最近没课？"她有些不相信地望着我。

我点点头，表示是。

⑤

我妈刚接受了我最近没课的理由，我就收到了尤盼盼的短信，她说：李可乐，你还不来学校，你已经被班导点名批评了。

我坐在沙发上合上手机顺手拿起遥控器换了另一个台。

我妈整理完屋子之后顺势在我身边坐下，和我有一搭没一搭地聊天。

"可乐。"在我不耐烦地把所有的台都换了两三遍依旧找不到自己想看的电视时，我妈开口了，她从我手里拿过遥控器，"我知道你不太愿意和我说，可是你毕竟是我亲生女儿，我还看不出来吗，你是有事瞒着我。"

被我妈这么直截了当地拆穿，我也不好意思再狡辩下去，只好拿出手机掩盖自己的心虚。

“和男朋友吵架了?”见我不作声，我妈继续问道。

她的话吓了我一跳，我抬头看了她一眼，刚准备摆手告诉她不是，就听到她继续说道：“你那天在屋子里打电话我都听见了。”

我垂下眼看着手机，一时间不知道说什么好了，我很少和我妈说关于我的事情，尤其是读初中之后。

我一直以为她对我的事情是一无所知的，没想到她都知道。

一时间，客厅里一片安静。

直到电视里那个夸张的留着偏分的男人开始卖广告，我妈才再次开口：“你也二十多了，大学都快毕业了，恋爱什么的都应该有自己的主见，我不该多说。”

我把目光移到电视上装作满不在乎地点头“嗯嗯”着，却不敢抬头看她的表情。

“两个人之间难免会有这样那样的事情，要学会体谅对方，人嘛，都是需要磨合的……”我妈越说声音越低。

我抬头看她，她不知道在想什么，表情怔怔的。

就在我想该说点什么打破这尴尬的时候，她再次开口了，她说：“可乐，其实，年轻那会儿我和你爸也经常吵架，还打过架，但是后来在一起时间久了也就没有那些冲突了。”

这是她第一次主动跟我说起她和我爸的事情，我把目光从电视上移开放在了她身上。

半晌，她抬头说：“有了你之后，我和他才开始学会体谅对方。他是犯过一些错，我也崩溃过也闹过，最后也想开了，人嘛，谁没有犯错的时候呢。有时候啊，该原谅的时候就得原谅。”

我妈说完之后看了看墙上挂着的钟表，说：“哟，只顾着说话，你爸快下班了，我去做饭去。”

我看着我妈的背影特别想问她，你真的可以做到知道那件事却像没发生过一样吗？

可是……

我做不到。

只要我想到林亦然和李馨雨抱在一起就难受。

我比谁都清楚，李馨雨已经成了我和林亦然之间的阻碍。

从此以后，她和林亦然的任何接触映射在我眼里都会呈放大十倍百倍的效果让我难过。

在我爸回来的其间我接到了尤盼盼的电话，她在那边用异常虚弱的声音告诉我，我再不回学校就等着给自己收尸吧。

我点点头表示早做好了收尸的准备，顺便问她：“你怎么了？怎么声音听上去被谁虐待了一样？”

尤盼盼在那边咬牙切齿地道：“给你买的卫生棉你没用我倒用上了，李可乐，你要有点良心的话现在就马不停蹄地赶回来伺候我，好吗？”

我表示自己可能要再做几天没良心的人了。

尤盼盼听完我的话哀嚎道：“得了，什么狗屁朋友，当初谁抱着我说我是她最珍贵的朋友啊，现在你最珍贵的朋友在宿舍疼得要抽过去了，你还在家里过着滋润的小生活？”

尤盼盼这么一说我也觉得我良心上不太过得去，我挂了电话，发短信告诉她，对于她的境遇我真的有些不忍心知道，所以以后再联系吧。

五分钟后，我收到尤盼盼的短信，一个字——滚。

和尤盼盼贫嘴完我的心里总算好受了些。

吃过饭之后我就立马躲自己房间里了，因为害怕再被我爸追问怎么不去学校的事情。

我刚躺下，短信铃声就响了。

我以为又是尤盼盼，打开一看却是林亦然。

他说：可乐，我在你家楼下，我们见一面吧。

我想了很久最终回了句：你回去吧。

我现在真的不想和林亦然见面，也不想和他谈论任何关于李馨雨的事情。

在家的这三天我想了很多很多，我还是没办法面对他和李馨雨。我承认，我在躲避着一切见他和李馨雨的可能性。

很快林亦然就回了短信，他说：嗯，好，你早点休息。

我随手拿起了床头放着的书。

我不知道我是什么时候睡着的，我醒来的时候已经是两个小时之后了，我看了下手机屏幕，晚上十点半。

有风吹来，我这才发现窗户竟然没关。

就在我伸手准备关窗户的时候，眼角的余光扫到一个熟悉的身影，怎么可能？我有些不相信地瞪大了眼睛，真的是他？

林亦然竟然站在我家楼下，我怀疑自己看错了，可是……路灯下那个熟悉的身影不是林亦然还能是谁？我家在三楼，我根本不可能看错！

他现在在下面干什么？怎么还没回去？一时间无数的疑问在我脑袋里。

我关了窗户再次躺回床上，可是这次却怎么都睡不着了。我在床上翻来覆去良久，再次走到窗户边，他还在……

一时间不知道怎么想的，我拿了外套就朝外面走去。

开门的时候，听到我妈声音："可乐？是你吗？"

我含糊回答要出去下，然后关了门朝楼下走去。

我承认，决定再也不理林亦然下了很大的决心。可是，不知道为什么，在看到窗户外面他的身影之后，我突然就觉得去见一见他吧，去吧。

到楼下的时候，林亦然正站在路灯下面不知道在看什么，因为背对着我的原因，他没有看见我。

我一点点走过去，在离他还有几步之远的地方时停住了脚步。我不知道要怎么过去，也不知道过去和他说什么。

我突然开始后悔自己的冲动了，为什么要跑下来，为什么要在没有想到如何面对他时就这样匆匆而来？

就在我扭头准备回家的时候，林亦然突然转过身来了。

他似乎没想到会看到我，一脸的不可置信，甚至还有一丝惊喜，很快，朝我跑过来。

我想大概我这辈子都不可能忘记他跑向我时的样子，他在我面前站定，眼眶微红，轻声叫我："可乐。"

一时间我也不知道该说什么，只是看着他，许久才动了动嘴唇："我……下来……有点事……"

说完之后我就后悔的想咬舌自尽，这么晚了我能有什么事情，怎么连说个谎话都说不顺畅？

林亦然看着我，然后解释道："可乐，我知道我错了，李馨雨的事情我一开始没有告诉你是怕你多想。我也听尤盼盼和周卿说过，你最接受不了的就是男生和别人纠缠不清。我害怕告诉你之后，你会多想、会不安，所以才瞒下来的。"

"那天也是，真的是李馨雨喝多了，她突然抱我，我也吓傻了，没想那么多。后来知道你走了之后给你打电话，电话却被挂断了。你说分手的时候，我以为……以为是你不喜欢我了，所以才没有给你任何短信的。后来，送唐昊的时候才从尤盼盼那里知道……"

说完之后，林亦然把双手捂在嘴边哈气，他小心翼翼地把我的手握在手心里。

就在那一刻，我突然就原谅了林亦然。

不是因为他的解释，而是他的举动让我心里涌上一阵暖意。

他应该很是急切地想要给我解释这一切，可是他收到我的短信之后并没有死缠烂打，而是让我好好休息。我以为他已经回去了，没想到他在下面等了两个小时。

“如果我不下来呢?”我看着眼前的少年，问道。

因为我的开口林亦然脸上更添了喜色，他松开手把我抱在怀里，许久开口回答道:“可乐，我一开始就没觉得你会下来……”

我觉得心里一暖，然后不由自主地把胳膊放在了他的腰间。

Chapter six

①

和林亦然和好之后我第二天就回到了学校，并且在宿舍忙了一中午把这两天的作业都补齐了。尤盼盼在一边玩电脑，她时不时抬头和我有一搭没一搭地说着话。

“所以，你们两个就这么和好了？”尤盼盼抬头瞅了我一眼，“那天谁对我说不想提和林亦然有关的事情的。”

我有些不好意思地望着尤盼盼，说：“那不是在气头上吗？”

“还有啊，你只顾着生气难过都没想起过我吗？小白眼狼，真是白对你好了。”我知道尤盼盼是说她那天打电话对我说自己被大姨妈折磨死的时候我挂她电话的事情。果然，接下来的半个小时里她给我详细地普及了那个时候她到底多痛不欲生，当然顺便狠狠地抨击了下我的所作所为。

这件事的确是我不对，所以整个过程中我都很认真地在检讨着，时不时附和道：“就是，太过分了！”

由于我的检讨态度良好，尤盼盼终于决定原谅我了。

尤盼盼点开一个网页，高声尖叫着让我一起看，这时周卿打来了电话。

他在电话那边咳了两声，然后才开口道：“可乐，你和林亦然吵架了?”

周卿真的是哪壶不开提哪壶。

我解释道:“不过已经和好了。”

“那个……”周卿在电话那端吞吞吐吐半天才挤出一句话,“听说……李馨雨喜欢林亦然?”

周卿这么一提醒我才想起来来学校之后我还没见过李馨雨呢。

周卿继续说道:“我给你说件事情,你别告诉尤盼盼,她那天千叮咛万嘱咐不让我对你说……她要是知道了肯定会揍死我……”

我转身看了看正在玩电脑的尤盼盼,拿着电话朝门外走去。

“说吧,我不会对她说的。”

“尤盼盼那天去找李馨雨了。”周卿吭哧半天才开口说了这么一句,“就是去送唐昊那天,唐昊坐上车之后,她当着所有人的面给了李馨雨一巴掌……”

周卿越说声音越低。“那天的事情不只我看见了,但是……会告诉你的也就我……犹豫了半天想着要不要告诉你……”

我愣了下不知道要怎么回答,说实话我真的没想到尤盼盼去找了李馨雨,更没想到她会当众给她一巴掌……

从我来学校到现在尤盼盼从未对我提起,她就像没有发生那些事情一样,更没告诉我她为我做了什么。

半天我才回过神来。

“毕竟我们一起长大的,我能看出来,尤盼盼是真的生气了。”周卿顿了顿又道，“我也和林亦然谈了谈，知道你和他是误会之后就放心了。”

周卿难得这么正经和我说这种话，我很感动。

就在我感动得快要哭了时，周卿又补充道：“不过，李可乐，你太不够义气了，这种事情你应该第一时间告诉我啊!”

“是，是我不够义气，以后我一定会第一时间告诉你的!”

周卿在那边笑得很开心，他笑道：“就是，像这种惊天动地的大八卦我是最后一个知道的多不爽……”

我咬牙切齿地骂了周卿两句就挂了电话，亏我刚才还感动的一把鼻涕一把泪呢，没想到这家伙这么无耻。

回到宿舍的时候，尤盼盼正在聚精会神地看着视频，看到我时她摆了摆手，喊道：“快过来看，快过来看!”

我以为有什么重大发现呢，凑过去才发现是一档选秀节目的海选。

不用说也知道肯定是唐昊参加的那个比赛，我看了看正在唱歌的那个留着长头发的男生问道：“看到你家唐昊了没?”

尤盼盼摇了摇头说：“没呢，他那个赛区下周才播呢。”

“那你怎么现在就开始看了啊。”我有些不解地问道，尤盼盼可是从来不追星的，她觉得长得再好看也不可能娶她，为什么要追着满街跑。她这一理论曾被我和周卿鄙视过，那个时候我和周卿都在追星，不同的是我追的是个男歌手，周卿追的是个长相甜美的女演员。

尤盼盼目不转睛地盯着电脑屏幕，许久才回头望了我一眼，说：

“就是随便看一看。”

说完之后她又把目光移到了屏幕上，然后小声嘟囔着：“看他唱的这么一般都晋级了，那唐昊应该也可以，对吧？”

我点点头接过尤盼盼的话：“当然可以啦，唐昊唱歌那么好听。”

听了我的话尤盼盼笑嘻嘻地从桌子上拿起了个橘子塞给我，说：“哟，这么会说话，赏你个橘子吃。”

我从尤盼盼手里接过橘子，然后望着她好看的侧脸有些失神。虽然一早知道以尤盼盼的脾气肯定不会轻易饶了李馨雨，但是我并没想到她会当着一群人的面给李馨雨一巴掌。说实话，从周卿嘴里听到这个消息的时候，我心里其实还是有点暗爽的。

尤盼盼做了我特别想做却不敢做的事情，不得不承认，我就是这么懦弱。

吃完橘子之后尤盼盼也看完海选的视频了，她站起身关了电脑，说：“可乐，我有点饿了，我们下去吃点东西。”

对于尤盼盼的话我当然是言听计从了，想都没想就点头了。

我和尤盼盼临出去之前，她看着我挑了挑眉毛，说：“打电话喊上林亦然。”

我点点头乖乖地照做了，然后在我挂了电话之后她给周卿打了个电话。“我可不要一个人去当可乐和林亦然的电灯泡，来，我们俩一起当。”

于是本该我和尤盼盼两个人的吃饭队伍变成了四个人。

约好了在校门口碰面，我和尤盼盼到的时候周卿和林亦然还没到，我们俩索性靠在学校门口看着来来往往的人聊着天。

看到李馨雨的时候，尤盼盼正在和我讨论刚刚从我们面前走过去那个美女穿着的衣服，她刚说完“这款可是限量版的，我都没买到”就看到李馨雨从校外走了过来。

李馨雨身边还有个女生，好像是她们宿舍的，以前我和尤盼盼曾见过。

李馨雨大概也没想到会和我在这种情况下遇见，她稍微怔了怔，然后避开了我和尤盼盼的目光。

从李馨雨闯入我们视线开始，尤盼盼脸上都挂着近乎嘲讽的笑，当李馨雨走到我们身边的时候，尤盼盼突然抬高了声音，喊道：“真恶心。”

我当然知道尤盼盼是在说什么，一时间不知道怎么接腔。

李馨雨脚步顿了顿，最终头也不回地朝校园走去。

“可乐。”李馨雨走远之后，尤盼盼突然开口道，“其实，我以前，是把她当朋友对待的。”

我点点头，何止是尤盼盼，我曾经也是把她当朋友的。

“好了，好了，以后啊，咱俩可得长点心。”说完尤盼盼就冲正往我们这边走来的林亦然和周卿打了个招呼：“你们俩倒是快点啊，我要饿死了。”

②

周卿这小子向来不太会聊天，果然，他看到我和尤盼盼的第一眼就说了句："刚才我看到李馨雨了。"

他话音刚落，林亦然有些尴尬地看了看我。

我尽量维持脸上的表情然后笑着换了话题。"要吃什么？"

尤盼盼瞪了周卿一眼，说："你不说话没人把你当哑巴，走吧，随便吃点。"

一路上周卿试图来缓解下被自己弄僵的气氛，林亦然走到我旁边把我的手握进手心。

尤盼盼嘿嘿一笑，指着前面的火锅店看着周卿，说："卿妹妹，这顿你请。"

周卿一个劲儿地点头，还不忘偷偷瞅我。我当然知道，他是在担心我把之前他给我打电话说的事情告诉尤盼盼。

我趁尤盼盼不注意时冲着周卿吐了吐舌头，周卿看到我脸上的表情之后才一副虚惊一场的模样。

刚坐下没多久，尤盼盼就说要去洗手间。她走后，周卿一副大尾巴狼样子望着我，说："可乐，你千万别出卖我啊。"

我点点头，他这才放心，幽幽地说了句："刚才在宿舍看到尤盼盼给我打电话时差点吓得把手机扔出去。”

我白了他一眼，觉得他未免也太没出息了，竟然这么怕尤盼盼。

周卿像是看出了我心里想的一样，对着我嘿嘿一笑，又道：“你不怕她啊？”

我刚想摇头就看到尤盼盼已经回来了，然后很没骨气地点头了。林亦然坐在旁边直笑，尤盼盼坐下之后，他对着我说道：“可乐，一直知道你没骨气，没想到你竟然这么没骨气……”

我白了他一眼，然后气定神闲地回道：“我这叫识时务者为俊杰！”

吃饭的时候，林亦然接了个电话。他对着电话“嗯嗯”了两声之后便开始沉默了，大约过了两分钟左右，他挂了电话。林亦然脸色有些微变，在对上我的目光时他慌张地避开了。

我看着盘子里的鱼丸突然就没了胃口，我在心里一遍遍地告诉自己，不要多想，不要多想。可是，某些事情就像是心里的一根刺，怎么都剔除不净。

尤盼盼和周卿话一直都很多，尤其是我和林亦然双双沉默之后，似乎是想打破这尴尬场面，他们俩说得更起劲了。

“吃这个。”林亦然夹了个肉丸放到我的盘子里。

“当我们两个人的面秀恩爱，可耻。”周卿调笑道。

我看着肉丸子却一点胃口都没有，怕再这样下去气氛会更僵，便借口说去洗手间。

我刚起身，尤盼盼也放下了手里的筷子，说：“可乐，我也去，等我。”

在去往洗手间的路上，尤盼盼看着我，笑道：“怎么了？吃个饭也要哭丧着脸。”

我一时间不知道怎么开口，只好强颜欢笑道：“没什么。”

“得了吧，还骗我。”尤盼盼用食指戳了戳我的脑袋，“你啊，脸上都写着呢，说吧，怎么回事？”

我一咬嘴唇，对尤盼盼说了实话：“我也知道很荒唐，可是……可是现在只要林亦然接了电话语气有点变化，我都会觉得是李馨雨的电话……”

这种感觉太糟糕了，虽然我无数遍地告诉自己，两个人之间最重要的就是信任。可是，我还是做不到不去想其他的。

尤盼盼瞥了我一眼，说：“你啊，就是想太多。”

是，尤盼盼说得对，我是想太多。以前和顾朗在一起的时候也是，因为喜欢他的那个女生，只要他接个电话语气有一点点不对劲，我就要胡思乱想好久。原本以为，和林亦然在一起不会有这种感觉，可是，就在刚刚，那个名为不安的小火苗再次在心里燃起了，我知道，我完了。

尤盼盼拍了拍我的肩膀，开口道：“可乐，缺乏安全感不是你的错，但是如果你因为缺乏安全感去和爱你的人胡闹就是你的不对了。”

在洗手池洗把脸之后，我和尤盼盼又说了会儿话，然后才回去。

刚刚坐下，周卿就开口：“哎，对了，唐昊那个赛区海选是下周吧？”

尤盼盼接过了话茬，她夹了个丸子塞进嘴里，含糊不清地说：“嗯嗯。”

“哎，你说，我们要不要去做点什么应援扇去现场给他加油啊？”周卿满脸喜色，“顺便多要几张签名。”

尤盼盼白了他一眼没好气地说：“你能去现场？不考试了？准备挂科？”

尤盼盼的话让周卿瞬间没了热情。“挂科……挂科……哎，你说，我要能有林亦然的脑子就好了。”

林亦然接道：“你把玩游戏的时间用在复习上就不会挂科了。”

他们三个时不时说说笑笑，我在旁边听着。

吃完饭之后，周卿提议反正还早，不如去广场那边转转。

我本来想反对的，但是硬是被尤盼盼拖去了，她觉得周卿的提议非常好。

虽说已经是下午了，可天色早已经暗了下来，广场那边人依旧特别多。

尤盼盼指着前面的喷泉说道：“不是说整点喷水吗？我们看看喷泉再走。”

明知道跟着尤盼盼现在走不了，但是我没一点玩的心思，只是站在他们身后。

不知道等了多久，周卿突然大声喊道：“要喷水了，要喷水了！”他边说边拽着我们想要往离喷泉最近的地方挤去。

遇到有热闹的事情尤盼盼向来都是第一个冲上去的，周卿和林亦然也挤到前面去之后，我往后退了几步。

身边的人越来越多，大人、孩子，大都是来看这个喷泉的。

就在我要被挤到最后面的时候，林亦然突然回头朝我看过来。

他奋力挤回到我身边，然后握紧了我的手，笑道："不往前面去吗?"

我看着周卿和尤盼盼的背影点了点头，答："以前看过。"

"嘭——"就在水花喷出来的一瞬间，我听到林亦然的声音，他说："可乐，吃饭的时候给我打电话的是我舅舅，说了我们家里的一些事情，所以……"

我回头望着他，他的眼睛里亮晶晶的。

"我知道，那件事情让你很不安，但是……请试着相信我，好吗?"

我看着林亦然笑了笑，点了点头。

我知道，性格的某些缺陷让我很难有安全感，可是，就在这一刻，我决定相信我身边的林亦然。

③

那天我们四个很晚才回去，在到宿舍楼下的时候尤盼盼接到了唐昊的电话。不知道唐昊在那边给她说了什么，她脸上满是幸福的微笑。周卿了撇嘴，小声说道："你们一个个秀恩爱的，不就是欺负我单身吗？"

尤盼盼电话挂了之后大笑着拍了周卿肩膀一下，说："都说了给你介绍女朋友，你挑三拣四的，怪谁啊。"

周卿和林亦然走了之后，尤盼盼突然回头望着我。"可乐，我们再帮周卿找找女朋友吧。"

我当然举双手赞同，在得到意见之后，尤盼盼拽着我跑进了隔壁班的宿舍……

凭着我们俩的三寸不烂之舌，终于成功地把一个单身的女生电话要了过来，并且让这个女生同意了改天一起吃饭。

回到宿舍之后，尤盼盼给周卿打了电话报喜，不知道周卿在电话那边说了什么，尤盼盼哼了一声之后回答道："你就抱着你的游戏孤独终生吧。"

由于周卿这小子的不给力，两个人虽然一起吃饭了，最终还是没牵手成功。我和尤盼盼这个牵线的人急得都上火了，脸上一下起了好几个痘。对此，周卿满不在乎地说："真是皇上不急太监急啊。"

我和尤盼盼对视一眼，然后一起对着周卿的双脚狠狠踩了下去骂道："你才太监呢！"

虽然嘴上骂着周卿，可是我们俩依旧没停止帮他牵线搭桥。

我和尤盼盼把目光锁到隔壁的隔壁的隔壁班的一个女生的朋友，周卿宣告他要抱着游戏孤独终生了。因为我和尤盼盼的积极，整个系的人都知道了周卿急着找女朋友，他实在受不了到哪里都能遇见我和尤盼盼帮忙介绍的女生，于是只好求饶了。

我和尤盼盼仔细一想，感情这种事情怎么能勉强呢，就放弃了帮周卿找女朋友这件事情。

得知唐昊晋级的消息已经是两周之后了，尤盼盼每天守着电脑看了好多我都看不下去的海选，确定唐昊晋级之后，她开心地抱着我在宿舍跳来跳去。

之后的一个月里，充斥在我耳边的全是关于唐昊的消息。

不只是尤盼盼，以前共同的朋友也开始提唐昊了，每天打开 QQ 空间一溜儿都是关于唐昊的消息。什么进这个赛区的 30 强了，什么又进 20 了……当然，尤盼盼每天脸上都带着笑容。

因为忙于比赛的事情唐昊和她电话很少，短信倒是没断过。每次她都很开心的，举着手机和我一起分享属于她的甜蜜。我也真心为她高兴，我也加入了刷唐昊消息的大军，为此还被周卿吐槽过“可乐，当初我去参加比赛也没见你这么刷啊，你就是太势力，是不是看唐昊又希望进全国总决赛啊”。

我白了周卿一眼，他不提他当初参加比赛的事情算了，提起来我就想狠狠抽他一顿。我们刚上大学没多久，周卿喜欢的女演员所在的公司进行过一场选秀。周卿为了见他的偶像于是不知天高地厚地去报了名，报了名之后就得练习唱歌啊乐器啊之类的东西，总不能到时候什么都不会吧。于是周卿就把目光瞄准在了我十八岁生日时尤盼盼送我的木吉他上，不管我怎么坚决表示不让他动我的木吉他，他都不放弃。

用他的话说，虽然能进偶像公司是个大事情，但是如果进不去呢，岂不是自己白花钱买吉他了，反正我有现成的可以将就下。

为了说服我，周卿甚至动员了尤盼盼、顾朗以及我爸妈。最后，我实在受了周卿的软磨硬泡，我点头同意了。并且再三交代，一定要好好对我的生日礼物，吉他在他在，吉他要是不在，他就可以跟着吉他去了。

当时周卿一个劲儿地点头表示保证把我的木吉他完好无损地还给我，还大言不惭地说什么等他红了之后，这木吉他的价格绝对要翻好几倍。

就这样，周卿抱着他满怀希望地去参加了海选，虽然明知道他不可能通过海选，我和尤盼盼还是象征性地祝福了他下。

没想到，他只在那个城市待了两天就哭丧着脸回来了。据说他才开口唱两句就被评委皱着眉头打断了，评委还给了他一个“我觉得你可能更适合唱儿歌”的评语。

没有见到自己的偶像，歌声还被这样，他一时间掉入了绝望的深渊。绝望的周卿拖着疲惫的身体回来了，我和尤盼盼眼巴巴在车站等了他一中午，只等来了他。

对！他因为太过绝望，把我的生日礼物木吉他丢在了海选现场。虽然他对我说他事后认真回去寻找了，可是我压根不相信他的话。因为这个，我还大哭了一场，尤盼盼甚至说再买个给我，我都不乐意。

我本来都快忘记的事情因为周卿的话再次想了起来，我咬了咬牙又追着他揍了一顿才解气。

我和周卿大闹完时接到尤盼盼的电话，她的声音里有着抑不住的喜悦，她说："可乐，唐昊进全国总决赛了。"

④

随着唐昊进总决赛的消息传来，尤盼盼每天脸上都挂着笑容。因为唐昊越来越忙的原因，他们通电话的次数越来越少了。偶尔尤盼盼会有些忧心忡忡地对我说总觉得会随时失去唐昊，但是很快她就恢复了以前的样子，和我打打闹闹。

因为之前的种种事情，我和林亦然反而更好了，当然我们两个都说好了，以后不管有什么事情都不会瞒着对方。周卿依旧跟着我们瞎胡闹着，偶尔还试图说服我们跟着他一起玩游戏，但是每次都失败，因为考试迫在眉睫。

为了不挂科，就连尤盼盼也开始认真复习了。除了周卿，其他人都开始忙碌起来了，包括林亦然。

我待在图书馆的时间多了起来，尤盼盼依旧关注着比赛的进程。我从图书馆回去的时候，常常看到她趴在桌子上咬着笔杆，胳膊底下铺着一大堆书，桌上电脑屏幕里放着比赛的视频。

因为要关注的事情太多，她很少再和我四处溜达了，有时候吃饭都是我从外面带回来给她。我很能理解尤盼盼的心情，作为她的朋友，我闲暇之余也会把之前错过的比赛一场场补回来。

尤盼盼给我说起唐昊被采访那天，我正在图书馆。电话那边尤盼盼声音很低沉，如果仔细听还能听出一丝丝发颤，她说："可乐，你回来陪我会儿吧。"

我不敢耽搁，以最快的速度回了宿舍。我推开宿舍门的时候，尤盼盼坐在桌子前发呆，她面前的电脑关着。

虽然不知道发生了什么事情，可是从她脸色看来，应该不是什么好事情。

我走过去，刚要开口说话，她就转身望着我，说："可乐，我突然觉得……我就像个笑话。"

尤盼盼的声音里有着说不清楚的情绪，她抬头望了望我，然后打开了电脑。

在等待电脑开机的这段时间里，她低头喃喃自语："我就知道……"

我不清楚到底发生了什么事情，一时间也不知道要怎么安慰尤盼盼，站在她面前半天说不出一句话。

电脑打开之后，尤盼盼点开了桌面上的视频，对我说："可乐，他否认了。"

尤盼盼的话让我大脑一片空白。

视频里是一个主持人在访问唐昊，主持人问唐昊："你长得这么帅，有没有女朋友啊？”

听到这个问题的时候，我想到刚才尤盼盼的一系列举动突然开始紧张起来。

视频里唐昊微微侧了下头，然后开口道：“还没有遇到合适的人哦。”

他脸上的笑容变得刺眼起来，我只觉得全身一阵冰凉，他怎么可以……

怎么可以这样……

我伸手去握尤盼盼的手，她抬头望着我，眼神很无助。

视频里主持人和唐昊还说了什么，我已经完全听不清了，我的脑海里只留下尤盼盼无助绝望的眼神。

我很少看到尤盼盼这个样子，不知道为什么，我脑海里浮现出了小时候她在小区等她爸妈的样子。我一直以为尤盼盼早已经刀枪不入，却从不曾想过，其实这么些年，她都没有变。

坚强不过是她穿的保护色，我们所有人都觉得她像是铁铸的英雄，永远站在我们前方。不管发生什么事情，总是能干脆利落地解决掉。却从不曾想到，其实，她一直都是很多年前在小区等爸爸妈妈回来的她，不曾变过。

我鼻子突然有些酸。

也就是在这一刻，我开始恨唐昊的，特别恨。

我更恨的是自己，在这一刻什么都做不了，只能站在她身边看着她。

直到视频播放完，尤盼盼才开口道：“可乐，原来刀一直都在他手上，刀尖正对着我的心脏。”

我咬着嘴唇，半天才开口：“或许……他有苦衷……”

我明知道这不是苦衷不苦衷的问题，可是，我也只能找个这样的理由安慰尤盼盼。

尤盼盼坐在那里一动都不动，她就像没听到我的话一样，许久，她站起身，对着我笑了笑说：“我突然特别饿，我们出去吃点东西吧。”

我点点头，帮她关了电脑。

电脑刚关掉我就接到了周卿的电话，他在那边压低声音说道：“可乐，你看到唐昊那个访谈节目了吗？”

我“嗯”了声算是回答。

周卿叹了口气，半天才开口道：“她呢，还好吗？”

我看着正在对这镜子化妆的尤盼盼，可是嘴上却回答了“还好”。

周卿沉默了一会儿，然后说：“可乐，你别骗我了，她是什么样的人我还能不知道吗，就算嘴上说着不在乎，心里也要难过死了吧……”

我看着尤盼盼的背影，许久才“嗯”了声。

我第一次觉得，作为一个朋友我很失败，周卿都能看穿的事情，我却直到今天才知道，亏我还一直以她最好的闺蜜自居。

⑤

我和尤盼盼在外面转了很久，随便吃了点东西之后，她说要在附近转转，我自然同意。

一路上，尤盼盼都不说话，我试图说点什么没得到回应之后也只好乖乖闭了嘴。

经过中心广场的时候，尤盼盼突然停了下来。我顺着她的目光看过去，广场的大屏幕上正在播放全国总决赛的十强晋级赛。而此时此刻，出现的正是唐昊。

我们在中心广场站了大概有半个小时，一回头发现周卿站在我们身后。我不知道周卿什么时候来的，更不知道他怎么发现我们的。在看到我时，周卿摇了摇头示意我别管他。

我陪尤盼盼继续站着，周围来来往往的人很多。卖棉花糖的路过这里时，我买了个，然后放到尤盼盼手里，说："给你吃。"

我想说，吃点糖就不苦了，可是没说出口。

尤盼盼愣愣地看着手里的棉花糖，然后开口道："可乐，之前有次我和唐昊一起出来玩，送我回学校的时候他突然说你等下，我以为是什么事情呢，结果他跑到路对面买了棉花糖过来给我。其实，我不喜欢吃这东西，一直觉得甜得有些腻，可是那天吃到的那个是真的甜到心里还不腻。”

我站在尤盼盼身边只能“嗯嗯”两声表示我在听着，安慰人这种事情我一向不擅长。

她说完之后扭脸看着我笑了笑，说：“嗯，走吧，回去吧。”

我们扭脸就看到了周卿，尤盼盼看到周卿的时候愣了下，很快就恢复了以往的样子，她对着周卿招了招手，说：“在这还能遇见啊。”

周卿挠了挠头笑嘻嘻道：“那是，这才证明我们缘分不浅啊。”

尤盼盼顺势拍了下周卿的肩膀，把我刚刚买给她的棉花糖塞到周卿手里：“赏你了。”

周卿接过棉花糖面露喜色，笑道：“不容易啊，终于想到我了。”

尤盼盼白了他一眼，然后揽过我的肩膀，说：“这东西太甜，我和可乐不爱吃。”

周卿闻言做了个要扔的动作。“敢情把我这里当垃圾场了啊。”

尤盼盼点点头，然后笑着回道：“那可是可乐的一片心意，你要是敢扔，小心我俩废了你。”

看着尤盼盼脸上的笑容，我才稍微有一点点放心。

显然周卿也是，他听尤盼盼说完那句话之后整个人看上去轻松了许多。

我和周卿默契地避开唐昊的事情，陪着尤盼盼瞎转悠了好久。回学校的时候收到了林亦然的短信，他说：可乐，在干什么呢。

我简单地把尤盼盼和唐昊的事情说了说，并一再强调以后我们俩约会的地方就改为图书馆。我怕我和林亦然在一起的画面会让尤盼盼想起唐昊再伤心难过，而尤盼盼向来不去图书馆，目前来看图书馆是最佳约会的地方了。

于是接下来的两周里，我和林亦然每天都在图书馆碰面。说是约会，不如说是两个人坐一块儿看书，他看他的，我看我的。偶尔会抬头看对方一眼，笑一笑然后继续低头看书。

这样的情况在维持了两周，准备迈入第三周的时候被尤盼盼察觉了，她来图书馆借书，那天我穿的大红色斗篷太显眼，她一眼就看到了我。

尤盼盼知道我每天守时守点出现在图书馆只是为了和林亦然一起看书之后鄙视了我很久，用她的话说“可乐，你还真以为现在是那种两个人一起去捧着一本书看一看就是伟大爱情的年代啊”。

对于她的质疑，我也只能哈哈笑着希望快点敷衍过去。

尤盼盼盯着手里的书看了好久，然后抬头看着我说：“可乐，你真的不需要这样做。”

我望着她，想要说些什么。

“得了吧，你想什么都写在脸上呢。”尤盼盼实在看不下去我的拙劣演技了，敲了敲我的头，“你以为我不知道你怎么想的啊，是怕我看见你和林亦然想起他啊，放心，姐姐我还真没那么脆弱。”

死守了这么几天的秘密被察觉了，一时间有些尴尬。

就在我想说点什么打破这尴尬的时候，尤盼盼开口了：“唐昊给我打电话了，我没接。”

这是那天广场之后尤盼盼第一次和我提起唐昊，我一时间不知道说些什么。

“后来他发短信给我，说采访是公司那边让他那样说的。”她看着我，自嘲地扯起了嘴角，“说希望我体谅一下。”

“这样啊。”我不敢看尤盼盼的眼睛，低声说道，“他现在的身份，难免嘛……”

这一瞬间，我恨透了自己，明明我心里想的是“你体谅他，谁体谅你啊”，可是出口却是另外一些话语。我害怕尤盼盼伤心难过，我以为只要找个理由粉饰太平就可以了，我们没必要去深究那些看似完好的背后到底有什么沟沟壑壑。

“可乐，我已经跟他提出分手了。”

这就是尤盼盼和我的不同，遇到事情时她总是坦然面对，哪怕结果并不理想，大不了哭一哭难受一段时间找个驿站歇歇脚，很快就可以继续重新上路。可是我，总是习惯找理由用看似完美的表面来遮盖丑陋的伤疤，在别人都以为已经没事的时候，自己对着伤疤难受。这样想来，后来的一切都是自己咎由自取，从来不知道去面对，只知道逃避。

Chapter seven

①

唐昊回来时我们已经考试结束了，我的大三生活也差不多要画上句号了。我正在家想着要不要下学期去找个地方实习时，周卿打了电话过来，他急急说道：“可乐，你快点过来，尤盼盼这会不太好。”

我从家里赶到他们吃饭的地方，一眼就看到周卿坐在一边低着头。周卿的旁边坐着顾朗和李馨雨，我已经没心情去管顾朗和李馨雨为什么会在这里了，因为尤盼盼正趴在桌子上。

她的头发上粘了青菜叶，我从没看见尤盼盼这么狼狈。我走过去把她扶起来，刚要开口问怎么了，就看到尤盼盼的眼泪流了下来，她说：“唐昊回来了。”

比起唐昊回来更让我接受不了的消息是，唐昊刚才和尤盼盼大吵了一架。

尤盼盼难过的一句话都说不出来了，我只好把目光投到了旁边的人身上。

周卿像没看见一样一直低着头不知道在想什么，顾朗在我来没多久就借口有事先走了，桌子上其他的人我都不太熟，只剩下一个我最不愿意说话、最不愿意面对的李馨雨。

李馨雨看了看我，然后微微翘起了嘴角，说：“我知道你不想看见我，讨厌我讨厌的要死了吧，但是……”

她指了指桌子周围的人，接着说道：“李可乐，刚才发生了什么他们没在意，我可是全都看在眼里呢。”

不知道是不是我的错觉，我觉得她在说“我可是全都看在眼里”时故意加重了语气，好像是故意说给谁听似的。我只当她是为了气我才这样说的，并没放在心上。

李馨雨的语气让我觉得恶心，我实在懒得理她，扶着尤盼盼朝外面走去。

在回去的路上，尤盼盼告诉了我刚才发生的事情。

原来，周卿带着尤盼盼参加同学聚会，本来想跟我打电话一起呢，但是听说顾朗和李馨雨也在，怕我去了不自在加上我已经回家了就没喊我。周卿本来是好意，想着尤盼盼最近闷闷不乐的，或许找点人多的地方一起吃吃饭喝喝酒，心情就会好点。

结果让他们没想到的是，唐昊竟然回来了。

唐昊给尤盼盼打电话尤盼盼没有接所以给周卿打了电话，周卿就告诉了唐昊地址。

得知给周卿打电话的是唐昊之后，尤盼盼忍不住埋怨了周卿几句。其实，女生的心思嘛，还不都一样，最擅长的就是口是心非。

在这其间尤盼盼无数次往门外看都没等到唐昊，被饭桌上一朋友玩笑，于是忍不住就和他们喝了几杯。

尤盼盼和他们喝完之后坐回到自己位置上时，就看到了站在门口一脸铁青的唐昊。

对于突然回来的唐昊，尤盼盼愣了下，刚想开口，就被唐昊的声音打断了。

他当着所有人的面，走到尤盼盼身边，愤怒地说："亏我做好了放弃决赛的准备回来找你，你呢？是不是这样玩着很开心啊？是不是啊？"

被唐昊这么一说，一时气急的尤盼盼忍不住回道："是啊，很开心，谁让你放弃决赛的？不是在媒体面前说了没恋爱吗？既然没恋爱回来干什么啊？"

周卿想上前劝阻被尤盼盼骂了一顿。

唐昊看了尤盼盼几分钟之后，咬着嘴唇扔下一句"我真是瞎眼了"然后就离开了。

看着唐昊离开之后，尤盼盼再也忍不住了趴在桌子上哭起来。

从小到大，周卿哪见过尤盼盼掉眼泪啊，一时间慌了只好给我打电话。

说完这些之后尤盼盼把头靠在我的肩膀上，她声音有些哽咽："可乐，我当时真的生气了才说那样的话，我真的不是故意的啊，我真的不是故意的啊……"

"你给他解释啊，给他打电话。"我说着去拿尤盼盼手机，却被她阻止了。

她摇摇头，说："我打了，他关机。"

"再打。"说着我拿起手机打了唐昊的号，里面传来了冰冷的惹人厌的女声，“您所拨打的电话已关机……”

我想了想，开口道：“我们去他以前驻唱的酒吧看看，还有他以前住的地方……”

尤盼盼摇摇头，说：“他走之前就把房子退了，可乐，一个人如果不想被人找到，有很多办法的。”

尤盼盼那天情绪特别不好，我认识她以来第一次见她这样。我把她带回我家之后，她躺在床上，用被子蒙着脸哭了好久。这期间，我给唐昊打了无数次电话，结果却一直是那个冰冷的女声。

我第一次觉得电话关机是这么令人讨厌的事情。

②

打通唐昊电话已经是三天之后了，当时我和尤盼盼正在参加朋友的生日饭局，在南城数一数二的大酒店。那天来了很多熟面孔，周卿当然也在。更让我想不到的是竟然在这里再次见到了李馨雨。

不知道为什么，我永远不能像对别人那样对李馨雨，看到她我心里就难受，尤其是在这种林亦然也会参加的场合。

林亦然看到李馨雨的时候，小心翼翼地看了看我。

虽然在心里强调了无数次要相信林亦然，那已经是过去的事情了，不是他的错。可是看到李馨雨笑靥如花地过来和林亦然打招呼时，我心里还是特别不舒服。

这种不舒服直到开始吃饭都没有消散，因为李馨雨和我们坐在一桌。

林亦然一开始也有一点点不自然，但是很快他就和往常一样和坐在一起的人说说笑笑了。尤盼盼今天特别安静，不，准确地说这三天来她都特别安静，她给唐昊打了无数次电话，唐昊一直关机。我也打了，甚至还发了短信给唐昊，可是都没有回音。

尤盼盼的安静让我瞬间也没了兴致，就随便吃了点东西。

林亦然时不时给我夹菜，和别人说话的时候也有意无意地说“我家可乐……”，每当这个时候，我就配合着笑一笑。

李馨雨不知道怎么回事，一直往我这个方向看，起初，我以为她在看林亦然，可是后来发现不是。

她在看我和尤盼盼，在对上我的眼神时就给了我个莫名其妙的笑，她的笑和她的人一样，都令我特别不舒服。

我实在受不了她的目光，起身说要去洗手间。

尤盼盼有些懒懒地摆了摆手，叮嘱我别迷路了。

我笑着回道：“放心吧，虽然第一次来这种高档酒店，但是还不至于迷方向。”

因为不太想面对李馨雨，从洗手间出来我索性在走廊边站了会儿，唐昊电话就是在这个时候打过来的。

他的声音里有些许疲惫，他问我：“你发短信说找我有事，什么事?”

还能有什么事情，当然是关于尤盼盼的事情了。

唐昊话音刚落，我就把那天尤盼盼说的话给他说了一遍。

唐昊在那边听着并不接腔，他的沉默让我更加着急起来，我急切地解释道：“你还不了解尤盼盼吗，她就是性格有点豪爽，当时人们起哄了她就和人喝酒了，你那样说她，她当然委屈了。你在媒体面前说你是单身的时候她更急更难受啊……”

唐昊沉默许久才开口，他说：“晚了。”

这两个字传到我耳朵中时我愣是没反应过来，条件反射地问道：“晚了？什么晚了?”

唐昊叹了口气，然后回我：“我那天回去就是做好了放弃比赛的，可是我却看到她和别的男生喝酒，甚至还抱了人家……我没办法忍受这种事情。”

“我都说了，那是误会啊。”我急切地解释道。

“我在门口站了有十几分钟，她都只顾着和别人喝酒……”唐昊顿了顿，然后继续说道，“我现在已经不在南城。”

他的最后一句话狠狠地敲在了我的心上。

“你……”

“好了，不说了，我要排练了。”唐昊挂了电话。

我不知道到底要不要把这件事情告诉尤盼盼，在走廊里站了会儿之后，林亦然找了过来。

他看到我之后，笑了笑，说："我们都以为你迷路了呢。"

因为唐昊的电话，我再也没有任何兴趣在这里待下去了，可是又不能提前走，只好点点头走到他身边，回道："差点迷路。"

"这么笨，以后要怎么办。"林亦然牵过我的手，朝包厢走去。

林亦然牵着我的手推开包厢门的时候，尤盼盼朝着我挥了挥手。

我在尤盼盼身边坐下，她吐槽了几句我去洗手间去这么久之后就开始吃东西了，顺便还帮我夹了点菜，说："可乐，你还别说，怪不得是南城数一数二的酒店呢，这菜味道比我们之前吃的好多了，是不？"

我点点头附和道"是是是"，脑子里却在想着刚才唐昊打电话的事情，我到底要不要告诉尤盼盼，我要怎么说？

犹豫了很久，我决定还是告诉尤盼盼。

我拽了拽尤盼盼的衣角，然后用只有我们两个能听见的声音告诉她："唐昊刚才给我打电话了。"

尤盼盼愣了下，随即想要去拿自己的手机。

我摇摇头，然后继续说道："是因为之前我给他发短信说有事对他说，所以……"

尤盼盼点点头，然后望着我，问："给他说那天的事情了？"

"嗯，我本来想着和他好好解释下，结果……"

我看着尤盼盼突然变了的脸色，硬着头皮说了下去："他说他已经离开南城，到那边了……"

尤盼盼听完我的话之后半天没说话，我有些后悔，握住了她的手，说："对不起，我不该说这些的……可是，我觉得要是瞒着你，我心里会……"

"不怪你。"尤盼盼挤出一丝笑容，"可乐，这或许就是命中注定的，注定我和他不会有好结果。"

说完这句话尤盼盼冲我一笑，然后端起桌上的茶杯喝了一口茶。

之后她很快就加入了那些闲聊的玩笑大军，她再次成了焦点，和以前一样。她就像是闪闪发光的女王，站在人群中，昂然独立。

可是，我知道，在她心里某一外早已是一片汪洋了。

③

生日聚会的后半场很热闹，一群玩疯了的人吵吵闹闹的。尤盼盼不知道什么时候已经走到寿星那张桌子边上，和他们聊天去了。

我在这种热闹的气氛里却怎么也开心不起来，抬起头发现周卿也是，不知道在想些什么。

最近周卿总是这样，如果不是因为他没恋爱的话我都要觉得他也失恋了。

我走过去和周卿说了几句话，他有一搭没一搭地回答着我。

"你到底怎么了？"实在接受不了这样状态的周卿，我忍不住问道。

"没……没……"周卿抬起头朝尤盼盼所在的方向看了看，然后回头说道，“可乐，我可能做错事了。”

我哼了一声和他玩笑道：“得了吧，你什么时候做过对的事情啊，天天做错事还天天厚着脸皮嘻嘻哈哈，没想到你也知道反思啊。”

让我意外的是周卿没像以前那样嬉皮笑脸地回答我，而是很郑重地点了点头，他再一次说道：“可乐，我可能真的做错事情了。”

周卿口中的错事到底是什么，他没告诉我，不管我怎么问他都是一副死咬牙关不开口的样子。知道从他嘴里问不出什么，我便不再纠结这个问题了。

生日聚会结束的时候，尤盼盼还在和寿星他们打闹，我和往常一样站在门口等她。

林亦然被他同学喊过去说话了，我身边只剩下了心不在焉的周卿。

不知道为什么，我和周卿说起了唐昊打电话的事情，言语之间更是少不了各种惋惜，我望着远处正在和别人闹着玩的尤盼盼叹了口气：“如果不是那天喝酒的事情，她身边现在肯定有唐昊在的吧。”

周卿不知道在想什么，半天才点了点头。

“唐昊的意思是他是做好了放弃总决赛回来和她在一起的，结果……”说不可惜是假的，一时间我有些唏嘘。

周卿没有说话，我回头发现他脸上表情微变，我刚要开口问他怎么了，就看到不远处正似笑非笑望着我的李馨雨。

李馨雨离我和周卿并不远，我不知道刚才我对周卿的话她到底听去了多少。我懒得看她，扭头准备去找尤盼盼回家。

周卿却在这个时候抢先一步，他说："我去找尤盼盼，不早了，我们回去吧。"

我点点头。

"哟。"李馨雨的声音传来时，我的目光都锁在尤盼盼身上。

在听到李馨雨声音的那一刻，我的胃里一阵翻腾，不知道是不是刚才吃多了的原因，这会儿特别想吐。

我实在不想和李馨雨有太多交集，准备离开。

李馨雨并没有放过我的意思，她很快就走到我前面挡住了我的去路。"我告诉你个秘密哦。"

李馨雨的话让我愣了下，很快我就恢复了以往的神色，我笑道："我们之间还没到需要分享秘密的关系吧。"

扔下这句话我就准备离开，李馨雨不管不顾地继续开口："哦，是吗？可是我觉得这个秘密一定要告诉你，因为……我可是把可乐你当作朋友呢。"

李馨雨故意加重了"朋友"两个字的语气，从李馨雨口中听到朋友两个字对我来说可真是极大的讽刺。

我没有尤盼盼的勇气，做不出当众扇她巴掌的事情，可是有些话我还是敢说的。"抱歉哦，对于你这种连朋友的男朋友都惦记着的人，我还真不敢高攀。"

李馨雨并没有因为我的话而生气，她若有所思地看了我一眼，说："哦，是吗？"

我懒得再和她纠缠下去，我和她本就没什么好说的。

“那关于尤盼盼和唐昊的事情你也不准备听吗？”我刚要挥手喊尤盼盼和周卿就听到这句话从李馨雨口中说出，我愣了下。

尤盼盼和唐昊的事情？什么事情？不会是刚才我和周卿说的话被她听到了吧？

就在我愣神的瞬间，李馨雨向前迈了一步，紧紧盯着我的眼睛，然后微微扯起了嘴角，笑道：“那天唐昊刚站到饭店门口，我就看到了。”

我突然想到唐昊在电话里说的，那天他在外面整整站了有十几分钟，尤盼盼都在和别人喝酒。

我想我就是在这一刻对李馨雨恨之入骨的，我忍着想要动手打她的冲动，一字一句地问道：“你当时为什么不喊尤盼盼，是不是……”

是不是因为尤盼盼在我和林亦然的事情上为难了你，你才要那样报复她？是不是因为尤盼盼是我的朋友，你才那样……

我没想到竟然是我连累了尤盼盼，如果不是因为我她不会当众扇李馨雨那巴掌，如果不是因为我她和李馨雨或许还是朋友，那么那种情况下李馨雨一定会告诉她，她和唐昊……

我只觉得有什么东西突然堵在了嗓子眼，我恨李馨雨，可我更恨的是自己。是，这件事情上李馨雨又没做错什么，毕竟她没义务一定要去告知尤盼盼，我才是罪魁祸首。

李馨雨像是看透了我心里的想法，她脸上的笑意越来越深了，她说：“其实，有一瞬间我是想要告诉尤盼盼的呢，但是……”

她故意停顿了下，观察着我脸上的表情，我从她的眼眸里看到了愤怒的自责以及狼狈的自己……

不知道过了多久，李馨雨才开口，她说：“不只是我一个人看到哦，还有一个人也看到了呢，因为他的沉默，我才觉得呀……真好玩呢。”

李馨雨的话让我满脸惊愕，还有人也看到了唐昊？谁？那天在场认识唐昊的人应该不多，她口中的那个他到底是谁？

李馨雨扭头往尤盼盼所在的方向看了看，然后再次扭脸看向我，笑道：“说句实话，以前我羡慕你和尤盼盼还有周卿的感情，尤盼盼为了你当众扇我一巴掌的时候我除了恨她恨你之外还有一丝丝羡慕呢，觉得能被朋友不管不顾地维护真是好事情呢……”

她的声音突然低了下来，带着一丝我不易察觉的情绪。“可是，我现在啊，突然好奇了……哎，对了，李可乐，你就不好奇那个人是谁吗？”

从李馨雨的语气里，我大概也猜出了她要说的那个人是谁，那天饭局上认识唐昊的人并不是很多，很多都只是听过并没有见过，见过唐昊并且可以一眼认出他来的自然也没几个人。

但是很快，我就否决了自己的想法，不可能的，绝对不可能。

李馨雨这样做不过是在挑拨离间，她这么做是因为林亦然的事情见不得我好。

我冷笑一声，回她：“你当然要羡慕，你永远也不可能得到那样的友情，因为你太自私，我和尤盼盼何尝不想和你成为朋友呢，可是你做了什么？别妄想可以挑拨我和朋友之间的感情！”

李馨雨的脸色微微变了变，但是很快她脸上就恢复了和之前一模一样的表情。

容不得我不听，容不得我离开，李馨雨的声音就传了过来。“那个人……是周卿。”

周卿的名字跳进我脑海不过是几十秒之前的事情，从李馨雨口中蹦出这三个字，我有点不能接受这个事实。

我不知道我是怎么从李馨雨身边走开的，我只知道我朝着尤盼盼和周卿的方向快速走了过去，身后回荡着李馨雨的声音。

她说：“谁不是自私的呢？爱情和友情，有几个能真正做到选择友情呢？”

④

我没敢当着尤盼盼的面质问周卿，我和周卿还有林亦然一起把尤盼盼送回家的时候已经是晚上十点了。从尤盼盼家出来，周卿以不当电灯泡要回去打游戏为由快速地溜走了。

林亦然送我回家的时候，我突然开口问林亦然：“你做过对不起朋友的事情吗？”

大概是不知道我为什么会这么问，林亦然很无辜地摇了摇头告诉我没有。

因为周卿的事情，我心不在焉的点了点头，一时间也不知道说些什么。

“可乐。”到我家楼下的时候，林亦然突然开口，“对不起，我骗了你。”

“啊？”我有些茫然地看着林亦然，不知道他说的是什么。

林亦然不好意思地挠了挠头，说：“我以前在舅舅家的时候，弄坏了表哥费尽心思给自己喜欢的女孩买的礼物，为了怕表哥责骂就买了包装盒把它装好了，还骗表哥说女孩子都喜欢漂亮的包装盒。表哥不知道就把包装好的礼物送给了那个女孩子，结果，那之后他喜欢的女孩子再也没和他说过话……”

“直到我要离开舅舅家回南城才告诉表哥这件事，表哥当时狠狠地敲了敲我的头……那个时候他喜欢的女孩子已经跟别人在一起了……”林亦然说完有些不好意思地看着我，“这就是我做的最对不起朋友的事情了，现在想起来还觉得愧对表哥呢……”

林亦然的话让我暂时忘记了周卿的事情，笑道：“你表哥真倒霉，有你这个表弟。”

他点点头，然后伸手摸了摸我的头发，说：“可乐，快回去吧。”

我回到家之后收到林亦然的短信，他说：可乐，虽然不知道你在烦些什么事情，但是随时可以来向我倒苦水哦。

我看着短信觉得心里一暖，拨通了林亦然的电话。

我告诉林亦然，我遇到了一点点麻烦，我发现我一个朋友做了对不起另一个朋友的事情，可是我却不知道要不要把这件事情告诉另一个朋友。当然，我没告诉他口中的朋友就是周卿，也没告诉他另外一个朋友就是尤盼盼。

林亦然听完之后沉默了几秒，然后开口道："可乐，我觉得这种事情，应该先去问问你的那个朋友吧，或许对方有什么苦衷呢。"

其实，不用林亦然说，我已经要去问周卿了。

我始终没办法告诉尤盼盼这件事情，我明白，在她心里，周卿和我一样是值得信赖的人，如果被她知道……

挂了电话之后，我给周卿发了短信，我说：周卿，明天有空吗，我找你有事，只许你一个人来。

发了短信之后，我怎么都睡不着，只好拨通了尤盼盼的电话。

尤盼盼在那边含糊不清地告诉我她正在吃宵夜，我一面说着"刚从生日聚会回来就又吃东西，再吃会胖成猪"一边用手捏自己肚子上的一圈肥肉。

"得了吧，我再胖也比你瘦两圈呢，李可乐。"尤盼盼这家伙给了我沉重的一击。

我有些怨念地和尤盼盼吐槽了最近我又胖了两斤的事情之后，开口问道："哎，如果有一天……我说如果啊，如果有一天我做了什么对不起你的事情，你会怎么办？"

电话那端传来尤盼盼吃东西的声音，片刻之后我听到她的回答。

“你敢做对不起我的事情，我就废了你。”

说完之后，尤盼盼突然问道：“哎，你是不是真做了什么对不起我的事情？”

我连忙摆手，但是想到隔着电话她也看不见，立马开口解释道：“才不是呢，绝对没有……”

尤盼盼哼了一声：“说吧，我送你的那几盆花是不是又被你养死了啊？”

经尤盼盼这么一提醒，我突然想起来她之前送我的几盆花还没浇水呢，我扔下电话立马朝着阳台奔去……

让我没想到的是，就在我奔过去浇花的时候，尤盼盼对着电话说道：“可乐，你才不会做对不起我的事情的，对吧？你千万不要……做对不起我的事情……”

当然了，这些我都没有听到。如果那个时候我听到了她的这句话，可能就会立马告诉她周卿的事情了……

我浇花回来的时候，尤盼盼正在电话那端扯着嗓子吼：“李可乐，你大爷，你有没有在听我说话啊？你死哪去了？”

我抱着电话一个劲儿地道歉：“我突然……很想去厕所，我说真的，我没骗你。”

尤盼盼吼了一会儿大概是累了，于是放低了声音道：“得了吧，老实承认，刚才你去干吗了？”

我只好告诉了她刚才去浇花的事情……

尤盼盼骂了我几句说自己很累要睡觉了，挂了电话之后我心有余悸地再次跑阳台上看了看那几盆花，确定都还活着之后才滚回卧室准备睡觉。

就在我快睡着的时候，我收到了周卿的短信。

他说：好啊，正好，我也有事情想要给你说。

⑤

我和周卿约好了在我家附近的公园碰面，我赶到的时候周卿已经到了。

看到我时，周卿搓了搓手，笑道："我等你半个小时了，为了表示歉意，你不请我吃顿饭吗?"

我点点头，表示这饭真得请，但不是现在。

"我们还是在这把事情说清楚吧。"我望着周卿，一字一句说道，"我怕我会忍不住揍你，去餐厅那种人多的地方不太合适。"

周卿一开始还和我嬉皮笑脸地说笑，他大概觉得我是在玩笑，但是很快他脸上的表情消失了。

"你知道了?"他垂下眼眸不敢看我。

"这么说，是真的了?"我看着周卿的模样，有种想上前扇他一巴掌的冲动，"周卿，你到底怎么想的啊？唐昊去找尤盼盼那天，你看见他了吧？你什么时候看见的？”

半天才听到周卿的回答，他说：“他刚出现，我就看见了……”

“什么？”我咬着嘴唇望着周卿，“刚出现你就看见了，那你为什么不告诉尤盼盼？你知不知道唐昊告诉我他在那站了十几分钟啊？你要是一早喊了尤盼盼，会有那么多事情吗？”

我越说越气，眼泪落了下来。“你知道尤盼盼最近过的什么日子吗？你真的以为她就像表面一样什么事情都没有吗？周卿，我们从小一起长大……我一直以为……”

我一直以为，我们不会做对不起彼此的事情，我一直以为这个世界上不管何时何地都会站在彼此身边的只有彼此，可是……

我的话没有说完，因为我突然觉得我说再多都是白搭，我在这里再怎么怪周卿，时间都不可能倒回，唐昊都不会再回到尤盼盼身边……

许久周卿才开口：“我知道……这件事情，是我……对不起她……”

“你为什么要那么做？”我看着眼前的周卿，“在来的路上我想了无数个帮你开脱的理由，甚至包括你当时没看清楚那是唐昊这种荒唐的理由，那么，现在你告诉我，你到底为什么那么做？”

周卿垂下眼眸并不看我也不回答我的问题，我们两个就这么沉默着。

“算了，当我没问。”我迈开脚步朝家的方向走回去，头也不回地说：“我和尤盼盼一直把你当朋友，你呢，把我们当什么？你好自为之吧。”

周卿在我身后开口道：“我喜欢她。”

我一愣，回头望着周卿。

周卿抬头望着我，脸上是我看不透的表情。“你很惊讶，对不对？一直以来我都是跟在你们身后的那个人，你们的喜怒哀乐全部都会告诉我，而我也理所当然地跟着你们开心、愤怒、难过……你们从来没有问过我。也是，我不像是有心事的人……我从来不曾说过，我喜欢尤盼盼啊，很早很早开始就喜欢了啊。”

脑海中那些零碎的画面一闪而过，我看着眼前站着的周卿，这才明白过来。

不知道为什么，我脑海里闪现的却是李馨雨那天说的话，她说：“谁人不是自私的呢？爱情和友情，有几个能真正地做到选择友情呢？”

一时之间，周卿的脸和李馨雨的脸重叠在一起，我再也忍不住了，朝着周卿怒吼道：“你怎么可以这么自私？你喜欢她就要毁了她的幸福吗？爱情和友情比起来就真的一分不值吗？周卿，如果你是因为别的原因这么做，或许我还可以原谅你，可是……你这么做竟然是因为这个……我只会更加看不起你，这样的你和李馨雨有什么区别？自私自利的家伙，呵。”

周卿看着我的眼睛，在我话音刚落之后，他对着我冷笑道：“是，我自私，李可乐，你呢？你以为你自己多伟大吗？你以为你都不曾自私过吗？爱情和友情你选择的就不是爱情吗？你和顾朗在一起的时候不也是做了好多为了顾朗丢下我和尤盼盼的事情吗？和顾朗分手之后不也是丢下我们自己跑去别的城市了吗？那个时候你怎么没想过选择友情呢？好啊，被顾朗甩了就知道开始每天拉着我和尤盼盼了，早先的时候干吗去了？和林亦然在一起的时候，不是又开始忙着和林亦然谈恋爱，不管我们了吗？”

周卿的话一字一句敲在我的心上，是啊，他说得对，我何尝不自私呢。

“如果你不自私的话，作为朋友你怎么可能一点都察觉不到我对尤盼盼的喜欢呢，你不是号称最了解我和尤盼盼吗？你了解我多少呢？你连我都不了解好意思说我们是朋友？好意思说我自私？”周卿肯定生气了，他话中的每一个字都像一把刀狠狠扎在我的心上。

我想开口辩解，却说不出一个字。

他说得没错，身为朋友，口口声声说着最了解他的我竟然都没察觉到他对尤盼盼的喜欢。是啊，从高中开始，我就只顾忙着追顾朗，和顾朗恋爱，被甩之后又只顾着伤心难过，遇到林亦然之后又开始投身到下一段恋爱之中。说着最在乎友情，却从来没有把时间留给过朋友……

周卿说完之后扭脸不再看我。

我眼前浮现出尤盼盼的脸，半天，我开口道：“是，作为朋友我做得不够好，我是很自私，我也没资格说你自私。可是，周卿，这些都不该成为你做了对不起尤盼盼事情的理由啊。”

说完这些我扔下周卿，朝家里走去。

因为周卿的那些话，一连好几天我心情都不是很好。尤盼盼来我家找我玩时，我正躺在床上发呆。

尤盼盼和我妈打了招呼之后径自走到我屋子在我身边躺了下来。“哟，可乐，你是不是觉得你不够胖所以要瘫在床上，然后养得足够胖可以卖个好价钱啊。”

我回头望着尤盼盼，半天才开口：“我是不是很自私？”

尤盼盼愣了下，用手摸了摸我的脑袋，说：“怎么，这孩子几天没见烧傻了？”

我把她的手拿下来，很认真地问：“我说真的，我是不是很自私啊，只顾忙自己的事情，从来没有花时间和精力在你和周卿身上……”

尤盼盼看了我半晌，然后开口道：“你说的什么傻话啊！”

她握紧我的手，很是肯定地回答：“可乐，你这不叫自私，人嘛，都有自己的人生，作为朋友就是在对方遇到开心的事情时真心地祝福，在对方难过的时候要陪在身边。你瞧，我和……唐昊在一起的时候，你不也是真心地祝福我和他吗。前段时间也是，各种陪着我……你不也没怪过我只把心思放在唐昊身上吗？这才是朋友嘛。”

尤盼盼的话让我愧疚，愧疚没有把周卿的事情告诉她，可是……

我一句话都不说，把头靠在尤盼盼肩膀上，真好，有尤盼盼在真好。

尤盼盼走后第二天周卿就来了，周卿有些不好意思地把椅子拉到床边坐下看着我，半天挠挠头才开口道：“可乐啊，那天的事情……是我的错。你也知道的，我这人脑子一抽说话就不经大脑，其实我不是那个意思啦，你也没做错什么，我就是生气了胡说呢……你说得对，不管是什么事情都不能成为我做那些的理由。你……就别生气了，好吗？”

周卿的声音低低的，他在说的过程中一直小心翼翼地观察着我的脸色，大概是害怕我突然生气站起来轰他走吧。

“我早就想来道歉了，这不是拉不下来脸嘛……你看看，我都道歉了，你就原谅我一次呗？”

我白了周卿一眼，从床上坐起来看着他，没好气地说：“现在知道好好说话了，那天是谁啊理直气壮地责怪我？”

我的话让周卿更加不好意思起来，他笑着说道：“我真的错了。”

这时，我妈端了点心进来递给周卿，说：“来，阿姨做的点心，你尝尝。”

周卿经常来我家玩，自是很不客气地接过了点心，还不忘感谢。

我妈出去之后，周卿接过刚才的话茬继续说道：“其实，我早就觉得自己做错了，那天吃饭的时候一直在犹豫要不要告诉你……给你发短信说有事要给你说，也是要说这个……我想过去找尤盼盼认错，但是一时之间不知道怎么开口……那天被你说了之后，有些心虚，所以才那样说你……其实，不管怎么说，这两件事都是我的不对。”

看周卿这样诚恳，我自然是原谅他了。

周卿在得到我的原谅之后松了一口气，他把点心递到我手里，说：“你也吃点。”

我刚拿起点心塞到嘴里就听到周卿说："可乐，你说，我该怎么告诉尤盼盼啊……我……我有点怕……

"怕她知道之后再也不理我……"

我盯着周卿，想了一下，说："不要说。"

周卿抬起头望着我。

"她昨天来我家了。我没有告诉她这件事情，你也不要说。"

"我们这样做……"周卿半晌才开口，他嘴上虽然这么说，可是我知道他心里肯定是松了一口气，他比谁都害怕这件事被尤盼盼知道。

"你听我说，周卿。"我抬起头，深吸一口气，然后慢慢开口，"这个世界上有些事情是没必要说的，为了……维持有些东西。"

"这件事情是你错了，现在你去告诉尤盼盼，不只是唐昊回不来，还会惹她更伤心。"我顿了顿继续说道，"被自己信任的人背叛伤害才是最伤人的事情，这事情你知我知……不要再说了。"

周卿临走前问我是怎么知道的。

我想了想然后告诉了他："是李馨雨，她说的。"

周卿点了点头，没说什么就走了。

大概过了一周之后，周卿给我打电话说他去找李馨雨了。他问了李馨雨为什么要那么做。李馨雨的回答是"就是好奇李可乐会怎么做，但是看你们现在的样子，大概是她选择帮你瞒下去了"。

周卿把李馨雨的原话一字不差地告诉了我，我愣了下，不知道她到底想做什么。

临挂电话之前，周卿说："我当时太冲动了，所以……所以……让她猜到了。"

我知道周卿是说我帮他瞒着尤盼盼的事，我安慰他没事。

之后的几天里我无数次都想打电话告诉尤盼盼这件事情，最终还是没有开口。我不想让尤盼盼知道，自己最信任亲近的人做了那样一件事情，更不想让我们三个的关系破裂……

Chapter eight

①

暑假有些许无聊，我爸和我妈总是在我耳边念叨着不能只顾着玩该去实习了，我每天嘴上答应着却完全没有行动，没事的时候都窝在家里。偶尔会和周卿还有尤盼盼出去玩，当然了，大部分时间都还是陪着林亦然。

我就这样度过了我人生的最后一个暑假，大四开学的第一天就没让我消停过。因为李馨雨对林亦然表白了，她和朋友扯了横幅在男生宿舍楼下，这件事我还是从别宿舍女生口里听出来的。

我被尤盼盼强行拽到现场已经是两个小时之后了，在这两个小时里我给尤盼盼说了好多我不去现场的理由统统被她驳回了。最后我只好扔下一句“她表白归她表白，但是林亦然是我男朋友这是事实，我就没必要计较了吧”这样看似大度的理由都没说服尤盼盼。

尤盼盼指着我鼻子骂道：“你傻啊？人家现在都到你家门口吆喝示威了，你还真准备装作不知道啊。我告诉你，可乐，她不就看你好欺负吗?”

被尤盼盼死拖硬拽拉到现场的时候，刚好看到林亦然也下来了。

他看到我时，迅速走到我身边当着围观同学的面拉着我的手，小声喊我“可乐。”

我们来的就这么不是时候，帮李馨雨扯横幅的人在，李馨雨却不在。

尤盼盼才不管那么多，她走上前一把把横幅扯过来扔进了垃圾箱，末了还不忘走到那两个帮忙的女生面前说道：“告诉李馨雨那个小贱人，少在这丢人现眼了。”

这件事情最终以李馨雨没出现告一段落，尤盼盼拖着我去李馨雨宿舍找过她，但是人没在。

李馨雨的表白事件让林亦然很尴尬，一连几天他陪着我在校园里走的时候都会遭到同学的指指点点。因为这个，我自然很少再跟着他满校园溜达了。

这天，我像往常一样待在宿舍看书的时候，收到了林亦然的短信，他说，可乐，一起出去吃饭吧。

我本来想拒绝来着，却被尤盼盼狠狠数落了一番，用她的话说，你现在这样岂不是正中那个小贱人下怀吗？要是我，我肯定高调的每天牵着男朋友的手满世界溜达。

仔细一想，我也觉得尤盼盼说的话似乎有那么一点点道理，于是回了句，好。

和林亦然在宿舍楼底下碰面的时候，我尴尬地冲他笑了笑，说：“现在每次和你约会总有种像做什么违法交易似的要小心翼翼的。”

我随口一句的玩笑话却让林亦然突然认真起来，他牵着我的手，认真地回答道：“可乐，是我不好……”

我打断他的话故作轻松地回道："说什么呢？她喜欢你又不是你的错……如果真的要说你的错的话，那就是……谁让你这么招人喜欢呢……"

我的话让林亦然终于放轻松了，他回头望着我微微一笑，道："去吃你最爱吃的火锅吧？"

我立马点头表示好，后来觉得只两个人吃太无聊，索性把周卿和尤盼盼也一起喊了出来。

吃到一半的时候，旁边位置上来了几个女孩子，看样子应该是高中生。她们正在神采飞扬地讨论着明星的事情，不知道怎么就扯到了最近大热的选秀事情上。

"十强里你最喜欢谁？"其中一个扎马尾的女孩子突然开口问道。

她的问题立马引起了一阵讨论狂潮。

我虽然没怎么看选秀节目，可是从她们的话中也大概知道了有关消息。

周卿听着她们的话忍不住笑了，他指了指我和尤盼盼，说："哎，女生果然都是花痴啊，你们两个以前跟她们一样，吃饭的时候就爱提些明星啊歌手啊。"

尤盼盼白了周卿一眼，然后往嘴里塞了个鱼丸，回道："得了吧，我对明星的喜欢也就维持几天而已……"

我刚准备接过话茬，细数下尤盼盼到底喜欢过几个明星的时候，就听到隔壁桌上那个齐刘海的女孩突然提高声音说道："呀，你们不喜欢唐昊吗？没觉得他好帅、声音好好听吗？”

另一个立马附和道：“是啊，是啊，声音真得很好听啊……”

“我表姐也喜欢他，她还说光听他唱歌都要怀孕了……”

尤盼盼啪一声放下筷子，然后唰地站起了身，就在我以为她要为难那些小女孩准备起身阻拦时，她扔下一句“我去洗手间”撇下了我们所有人。

尤盼盼动静太大，隔壁桌上的小女孩们显然被吓到了，但是很快又开始嘻嘻哈哈地聊了起来。

“哎，唐昊不是咱们这的吗？”

“是啊，听说以前在酒吧驻唱过……”

林亦然看了看我，然后低下头继续吃东西，周卿微微咳嗽了一声，安慰道：“要喝饮料吗？”

我站起来朝着洗手间的方向走了过去，我知道，尤盼盼这个时候特别需要一个可以说话的人……

我到洗手间的时候就看到蹲在地上捂着脸的尤盼盼，我在她身边蹲下，安慰道：“她们也不知道……所以……”

尤盼盼抬头看向我，她的眼角有眼泪滑过，她说：“可乐，我一早就知道这样，可是……可是我还是忍不住难受……”

我拍了拍她的背表示我知道。尤盼盼在洗手间待了好长一段时间，她站起来的时候我刚好收到周卿的短信，他说：她还好吧？

我还没来得及给周卿回短信，尤盼盼已经走到了洗手池边。

她洗完脸之后，我给周卿回了“嗯嗯，还好”四个字。

我和尤盼盼从洗手间回去的时候，女孩子们早已经换了话题，她们当然不知道就在刚刚她们口中无意提到的那个人的名字深深刺中了某人的心脏。

好在尤盼盼很快就开始大笑着和周卿说话，这件事情表面上看着好像告一段落了。其实，我比谁都清楚，在尤盼盼心里，永远存在这犹如鱼刺的东西，时不时就会突然拨动她的情绪。

②

那天之后我们四个便很少再在一起吃饭了，大部分时间都是我和林亦然或者我和尤盼盼，周卿不知道在忙什么，百年难得一见。没事的时候我习惯在宿舍看书，偶尔会爬起来玩会儿电脑。至于尤盼盼嘛，她倒是很快就恢复了以前的生活，这个饭局跑到那个饭局，闲暇时还跑到别的宿舍和人拉拉家常。

尤盼盼恢复以前的生活之后最苦的可是我这个下定决心准备减肥的人，因为她不管去哪个饭局都会拉着我。用她的话说，我们俩感情这么好她舍不得一个人吃好吃的。每次这个时候，我都嘟囔着我宁愿咱俩感情不好。

因为如此，我不只没有减肥成功而且还胖了三斤。看着秤上的数字捏着肚子上的肥肉默默哭泣时，再次被她连拉带拽地奔赴新的饭局了。

这次是因为她朋友的姐姐要结婚，刚好她和那个姐姐很熟。被邀请之后尤盼盼很无耻地问了那个姐姐可不可以带家属，那个姐姐以为尤盼盼口中的家属是她男朋友，很开心地答应了。结果，那个所谓的家属却是我。

朋友的姐姐在看到尤盼盼身边的我时，眼珠子都快掉下来了，她的目光在我和尤盼盼之间来回扫视。许久，一把抓着尤盼盼的手，不可置信地说："你和她？"

"呀，你想什么呢。"尤盼盼很快就明白了姐姐的意思，笑着解释道，"我好姐妹，发小，从小都是被我当家属看的，人家有男朋友。"

姐姐这才笑着和我打招呼，她有些不好意思地和我握了握手，说："盼盼说她要带家属来，我刚才以为……你们两个……"

我立马笑着和姐姐握了手，毕竟是跟着尤盼盼来混吃混喝的，我还真有点不好意思。

我和尤盼盼刚坐下，就看到李馨雨也进来了。

尤盼盼一捏我手，咧着嘴笑道："还真是冤家路窄，李可乐，你和李馨雨才是真正的孽缘呢，哪儿都能碰到。"

看到李馨雨的一瞬间，我心里也是这么想的。我真得很好奇，上辈子我和她是不是有什么渊源啊，否则，怎么会这么巧？！

等李馨雨坐下之后，我们才知道，她是作为新郎那边的朋友来的。

尤盼盼剥了一颗糖塞进我嘴里，然后用只有我们俩能听见的声音说："她刚才走进来那一刹那我还以为她是直奔着你来呢。"

好在李馨雨和我们并不在一张桌子上，因此这顿饭我和尤盼盼吃得还算开心。快吃完的时候，尤盼盼突然嬉笑着凑到我面前说："哎，可乐，你不是要减肥吗？"

我点点头表示是，还真得减一减，要不然要胖死了。

尤盼盼嘿嘿一笑，指了指李馨雨在的那张桌子，说："教你个办法，坐李馨雨对面去，你就吃不下去了，多倒胃口啊。"仔细一想，尤盼盼这个倒是好办法，可惜我已经吃饱了。

和尤盼盼嘻嘻哈哈闹到结束的时候，她拽着我去和朋友姐姐打招呼准备回去。偏不凑巧的是，我们刚站到朋友姐姐身边，李馨雨就和她坐在一起的女生也走了过来。

李馨雨大概也不太想和我们站这么近，就找借口先走了。尤盼盼看到李馨雨走了出去之后，扯着我就往外边走，边扯边说："我真的很好奇一件事情……"

"哎，什么事情？"不管我怎么问，尤盼盼都不回答。

当然了，很快我就知道她在好奇什么了。

她把我拽到了正站在外面等朋友的李馨雨身边，尤盼盼对着李馨雨一副热情的模样，就在我在心底里狠狠骂了尤盼盼好几遍，她突然开口说："李大美女啊，有件事，我还真的很好奇呢。"

李馨雨虽然不大想和我们说话，但是尤盼盼既然开口了，她也不好装没听见，就开口问道："什么事情？"

“你是怎么做到面不改色对着朋友男朋友下手的啊？”尤盼盼刚问完李馨雨脸色就变了，她还没来得及发火，尤盼盼的下一个问题就问了出来，“还有啊，你到底是哪里来的勇气，那么大张旗鼓地对一个有女朋友的人表白的啊？这脸皮到底多厚才能做到啊？”

李馨雨的脸上一阵白一阵红的，尤盼盼的声音很大，问完之后，她还不忘又加一句：“你倒是把经验教给我下嘛，你说我觉得我都够不要脸了，可我都做不来这些事情。”

尤盼盼的话让周围陆续出来的人把目光放到了李馨雨身上。

李馨雨看了看站在尤盼盼身后的我，然后对着尤盼盼冷哼一声，道：“你这样为难我是因为李可乐吧。”

她顿了顿，然后有些厌恶地撇过头，冷笑道：“你把她当朋友为了她可以豁得出去，可是人家怎么对你可还不一定呢。”

很明显李馨雨话里有话，我当然知道她是在说周卿的事情。

“得了吧。”尤盼盼很快就打断了李馨雨的话，“可乐怎么对我那是我们的事情用不着你操心，你倒是回答我的问题呀。”

李馨雨看了看我，脸上挂着一丝嘲笑。“是吗？我呀，倒真的感谢你们呢，因为你们我才更加确定我放弃友情选择爱情是个正确的选择呢。”

说完这句话之后，她突然盯着尤盼盼一字一句说道：“你呀，不如去问问你的好朋友李可乐，她是怎么对你这个肝胆相照的好朋友的。”

她说完这句话就离开了，只留下我和尤盼盼愣在原地。

回学校的路上，尤盼盼问我："可乐，李馨雨是胡说的，是想挑拨我们之间的感情的，对吧。"

我知道，李馨雨的那些话还是让尤盼盼在意了。

我刚准备开口时，尤盼盼突然开口说："别说了。"

我想说的话，全部咽回了肚子里。其实，刚刚我是想告诉尤盼盼，即使有一天我真的隐瞒了她什么但是本意绝对不是想要伤害她……这些话我都不曾来得及说，就这样咽回了肚子里。

那天晚上，我和尤盼盼都睡得很晚，我在和林亦然发短信，她在听歌。

不知道过了多久，就在我快要睡着的时候，听到黑暗中传来尤盼盼的声音，她说："可乐，不管发生什么事情，我都会站在你那边，我希望，你也是。"

③

唐昊签约知名娱乐公司的消息是林亦然告诉我的，我们俩吃饭的时候他顺口说起的。听他这么一说，我才想起来我已经很久没有关注唐昊的消息了。

"没有进三强，但是也签了经纪公司了。"林亦然小心翼翼地帮我把鱼刺一点点挑了，然后把鱼肉放在我碗里，"说是在为新单曲做准备。”

我放下筷子望着林亦然，我说：“这件事情……你没给尤盼盼说吧？”

他摇了摇头。“当然了，在她面前能不提唐昊就不提了吧。”

我点了点头，然后和他说起了唐昊的事情。

“我和唐昊很小的时候就认识，我当然知道他对大舞台的渴望……”他顿了顿又继续说道，“可乐，你和尤盼盼是好朋友，你心里肯定也是有点埋怨唐昊的……可是，身为唐昊的朋友……我也只能站在他身边……”

我夹起林亦然放在我碗里的鱼肉塞进了嘴里，抬起头看着对面的林亦然，回道：“别人的事，我不方便发表评论，我也能理解你站在他身边的事情。我没有讨厌唐昊也没有埋怨他，虽然以前是有，可是……”

就在那一刻，我特别想把周卿的事情告诉林亦然，可是，最终我还是咽回了即将出口的话。

聪明如林亦然，他还是捕捉到了我脸上一闪而过的神色，他问：“可是什么？”

我摇摇头，笑着回答：“没事，吃得好饱。”

林亦然自是知道我不想讨论这个问题，然后很快便换了话题。

回到宿舍之后，趁着尤盼盼不在，我打开电脑，第一次搜索了唐昊。

舞台上闪亮的那个人让我有一丝恍惚，那是唐昊吗？真的是唐臭吗？

尤盼盼回来时，我已经开始和林亦然一起玩连连看了，她凑到桌面上看了一眼，忍不住吐槽了句“弱智”。

对于尤盼盼的吐槽，我自动忽略了。

我和林亦然玩了一下午连连看之后接到了周卿的电话，他说他前段时间在忙家里的事情，现在终于忙完了，可以和我们一起愉快地玩耍了。

我嘴上应付着，却在听到他说晚上一起吃饭时果断地拒绝了，我刚刚下定决心以后晚上不吃饭了，因为我又胖了！

结果周卿很不死心，给尤盼盼打了电话，一听到有人请吃饭尤盼盼眼睛都亮了，她挂了电话之后把我从电脑前拽了起来。

我不甘心地望着尤盼盼的小蛮腰默默吐槽：“你个怎么都吃不胖的瘦子永远体会不了喝口水都长胖的人的心情。”

尤盼盼回头瞪了我一眼，道：“我不需要体会。”

我就这样，在再次下定决心减肥的第一天就被尤盼盼拽着出去吃了晚饭，并且还吃了很多。

当然了，林亦然也被周卿喊去了。

刚开始吃饭的时候，我还嘴里念念有词“要忍住，要坚持，千万不要吃啊，吃一口胖三斤啊”。可是，看到和我坐在一起的三个人吃得津津有味时，我再也忍不住了终于夹了块肉塞进了自己的嘴里。

回去的时候，一路我都在抱怨他们三个，都怪他们破坏了我的减肥计划。

林亦然笑眯眯地说："可乐一点都不胖，很瘦呢，别减肥了。"

尤盼盼哈哈一笑，然后给了我致命一击，她说："果然情人眼里出西施啊，可乐虽然不到特别胖的程度，但是也绝对不是瘦子了啊。"

我眼睛一黑差点倒下去，心有不甘地望着尤盼盼，说："那你为什么还要带我去吃饭！"

尤盼盼顺势搂过我的肩膀，用食指在我脸上轻轻弹了下笑道："不吃饱怎么有力气减肥啊？"

我仔细一想，觉得尤盼盼说得对，刚才还为吃了太多东西的愧疚心理瞬间消失得无影无踪了。

在回学校的时候路过了中心广场，周卿非要拽着我们挤进去看中心广场上跳舞的大妈们。我们刚刚挤过去就听到广场里传来熟悉的声音。"大家好，我是唐昊……"

循着声音源望过去，广场的大屏幕上此刻正在回放着之前的比赛。

我扭头朝尤盼盼望过去，她正很认真地盯着大屏幕看，她的身边是侧着脸望着她的周卿……

④

"可乐，真好。"这是那次朋友生日聚会之后尤盼盼第一次主动和我提起唐昊，她说，"他终究成了自己想要成为的样子。"

这是那天回去之后，尤盼盼在宿舍对我说的。

我点头附和着也不知道该说些什么。

尤盼盼敷好面膜之后对着我笑道：“其实啊，我有偷偷看过他比赛的视频。”

她的整张脸都隐在面膜之后，我只看到一张大白脸露出了一个笑容，如果不是经常看到这个样子的她的话我绝对会被吓哭。

我有些不好意思地说：“下午的时候我也偷偷看了。”

尤盼盼听了我的话之后使劲敲了下我的后脑勺，佯怒道：“行啊你，李可乐，你为什么不告诉我!”

“啊，那个啊……”我随手拿过镜子对着她做了个鬼脸，“其实也不算偷看，只不过看的时候你刚好不在宿舍而已。”

尤盼盼一把把我手里的镜子夺了过去，半晌才开口：“以前我也觉得，我可能再也不会提起他的名字了……虽然有时候会忍不住去搜和他相关的东西……”

她顿了顿继续说道：“可是今天我突然觉得，其实没必要这样是吧，唱歌是他的梦想，他实现了自己的梦想，身为朋友也好，前女友也好，都应该替他高兴才对吧。”

我不知道到底该说些什么。

临睡前，尤盼盼说：“可乐，知道他在另一个地方过得好，我已经很开心了。”

我刚想感叹原来爱情可以真的改变一个人，可以把向来以毒舌闻名的尤盼盼也变得这么善良，就听到黑暗里传来的尤盼盼接下来的话。

她说："当然了，这是在他找下一任女朋友之前，要是有一天他找了新女朋友，我可能会忍不住骂他们。"

果然……

还是尤盼盼啊。

我把尤盼盼那天的话告诉林亦然的时候，他差点把刚刚喝进去的汤喷出来。

许久，等他稳定了情绪之后，才开口："果然……是尤盼盼。"

我满不在乎地喝了一口汤，然后抬头问林亦然："你呢？"

他愣了下，不知道我说的是什么意思，反问："哎？"

"如果……"我看着林亦然的眼睛，把刚要说出口的"如果我们分手了，你呢"换成了"如果你是尤盼盼呢"。

林亦然犹豫了一会儿，才开口道："当然是祝福唐昊。"

"得了吧，骗人。"

"我说真的。"

"你刚才想了那么久，说明在犹豫啊。"我用纸巾擦了擦嘴。

林亦然笑道："我那是在思考，不过说实话，你刚才问的这个问题，我是认真地在思考了。我想了很多个可能性，不关注对方，或者恨着对方，可是，最后还是觉得只有祝福对方才是最好的结果，你呢？"

"可乐，你呢？"

我对着林亦然眨了眨眼睛，说："不告诉你。"

可是我听到了我心底的声音，会祝福，当然，仅限他没找到下一任女朋友之前。

和林亦然吃完饭之后，他牵着我的手在街上瞎逛。

到学校附近的路口时，他突然开口说："可乐，我妈想让我下学期去实习。"

这是自然，大四下学期很多人都会去实习，我爸妈最近也在操心这个。

"她让我去舅舅的公司。"林亦然突然握紧了我的手，"舅舅家……"

他要说的话我自然懂，以前林亦然告诉过我的，他舅舅家在那个很繁华的南方城市。

"去试一试呀。"我扭头对着林亦然笑了笑，"放心好了，我会乖乖在南城等着你。"

林亦然像是松了口气，对着我笑了笑，说："现在还没决定呢，就是说想让我先去看一看。"

我点点头，一路上林亦然都紧紧握着我的手，直到把我送到宿舍楼下，他才松开手。

在我准备上去的时候，他突然喊住了我，对着我露出了八颗牙齿，笑道："等我去看了之后，回来带你去。"

我看着这样的林亦然忍不住用力点了点头，回道："嗯，好。"

回到宿舍的时候尤盼盼不在，我闲得无聊开电脑看了会儿电视。

不知不觉中一个下午就过去了，我看了看电脑右下角的时间，已经晚上七点了，尤盼盼依旧没有回来。

我给她发了短信问她在哪里也没有得到任何回答。

给她打了电话，可是没有人接。

我有些担心地打电话问周卿，周卿说不知道在得知打电话没人接之后，周卿关切地问要不要出去找找。

“先不用了吧，现在才七点，再等等，如果超过九点她还没消息，我们再出去找找。”挂了电话之后，我无心再看电视，索性站起来整理东西。

尤盼盼回我短信的时候已经快九点了，那个时候我和周卿已经准备出去找她了，她的短信只有简短的几个字：我等下回去。

对于她在哪里她一个字都没有说，我和周卿商量之后决定还是回宿舍等她。

我在宿舍等的快睡着时，尤盼盼推门走了进来。

她径自走到我床边坐了下来，许久才开口：“可乐，我……见到唐昊了。”

听完尤盼盼的话后我差点从床上弹起来，因为她又补充道：“我是说真人……”

唐昊回来南城了？她在哪里见到唐昊了？一时间我的大脑里满是问号，当然，这个时候更让我在意的是尤盼盼的表情。

怎么说呢，她的脸上是少有的平静。

见了唐昊为什么会是这副表情？她现在哭也好，怒也好，或者拽着我大笑也好，可是偏偏面无表情让我有点不知所措。

周卿就是这个时候打电话过来的，他问我："尤盼盼回来了吗?"言语间满是担忧。

我告诉他回来了，然后就挂了电话。

尤盼盼看着我，半天才开口，她说："可乐，是唐昊打电话找我出去的……"

原来，我跟着林亦然出去没多久，在宿舍的尤盼盼电话就响了。

她以为是我又掉了什么东西打电话让她送，没看屏幕就接了电话对着电话那端吼道："姐姐我现在没空，你要是掉了什么东西，自己上来拿。"

她说完之后，电话那端却陷入了死一般的沉寂。

她这才觉得不对劲，打电话不说话装深沉可从来不是我的作风啊，她把手机拿到眼前，看到的却是个陌生的号码。

就在她准备挂电话时，那边却传来了熟悉的声音，是唐昊。他说："我们见一见吧。"

用尤盼盼自己的话说，在听到唐昊声音的瞬间，她还以为她出现幻觉了，直到电话那边唐昊再次开口，她才知道这是事实。

唐昊说："我现在回南城了，我们见一见吧。"

尤盼盼说，她一直觉得她和唐昊此生怕是没有再见面的机会了，哪怕有，肯定也是她混在他的粉丝群里恬不知耻地喊着"唐昊，唐昊"，而他站在舞台上闪闪发亮。再或者他带着他的新女友出去做活动，而她躲在下面狠狠咒骂着他们。

她怎么都想不到唐昊会给她打电话，并且说要见一见。

尤盼盼说她当时很想摆出架子吼一句“姐姐是你想见就能见的人吗”？可是，话一出口，却是两个字“嗯，好”。

她就这么没出息地答应了他要见面的要求。

挂了电话之后，她坐在床上发了一会儿呆，然后爬起来开始翻箱倒柜找所有她花大把银子买回来的衣服。

到底穿什么好，成为了她那个时候的唯一难题。

自信如尤盼盼，她怎么都想不到有一天会因为要去见一个人而翻箱倒柜望着成堆的衣服发愁。

到底穿什么好，打扮得太艳丽，不好。

朴素点，也不好……

她在对着那堆衣服愁了将近半个小时之后，最终毅然决定就穿身上的衣服去吧。

她把那些翻出来的衣服一件件塞进柜子里时才惊觉自己到底是变了的，再不是从前那般无所畏惧。

⑤

尤盼盼赶到约好的地点时，唐昊还没到。从小在南城长大，那个地方尤盼盼去过无数次，她和唐昊也曾经一起去过。

她站在商场门口的圣诞树下等了好久都不见唐昊的身影，就在她犹豫着是打个电话问问还是先走的时候，唐昊出现了。

他戴着帽子，帽檐压得很低。许久不见，尤盼盼看到他的第一眼，觉得他又瘦了。

他走到尤盼盼身边，语气里满是歉疚。“刚才经纪人在说过几天要在这边举行的活动，所以晚了点。”

尤盼盼愣了下，然后才开口道：“没事，没事。”

气氛一时间有些尴尬，她和他都不知道要怎么开口，要说点什么。

最终还是唐昊打破了这尴尬的气氛，他说：“去吃点东西吧，好久没吃家乡的食物了，很是想念呢。”

尤盼盼顺从地点了点头，跟上了唐昊的脚步。

一路上，尤盼盼明明有好多话想说，有好多问题想要问，可是最终却选择了沉默。这种令人窒息的沉默让尤盼盼一时间有点丧气，不应该是这样的啊，怎么会是这样呢？两个人之间真的已经没什么可说的了吗？

“我……”

“其实……”

尤盼盼张嘴试图想说点什么缓解眼前的气氛，而唐昊也正好在这个时候开口。

他们同时笑出了声，然后又同时开口：“还是你先说吧……”

尤盼盼在心里想着，没想到还会有这点可怜兮兮的默契啊。

“你先说吧。”唐昊始终和尤盼盼保持着一点点距离，他走到他们以前经常吃饭的地方推开门找了个角落坐了下来。

尤盼盼跟着他走了几步之后，突然放慢了脚步。

她就这样站在离他几步远的地方，看着他推开门走到角落，这个过程中他自始至终没往身后看一眼，自然不知道尤盼盼此时此刻还站在门外。

唐昊发现尤盼盼没跟上来时，尤盼盼已经走到门口准备伸手推门了。就在这么短的时间里，她再一次真真切切地感受到了她和他之间的距离，第一次是隔着电脑屏幕看到他光彩夺目的表演那刻开始。

向来高傲的尤盼盼第一次有了自卑的心理，她意识到她和唐昊还是差得太远了。

尤盼盼走到唐昊所在的角落时，他已经点好菜了，等服务员走远之后，他对着刚刚坐下的尤盼盼笑了笑，说：“点了你平时爱吃的。”

尤盼盼看着眼前的唐昊，一句话卡在了嗓子眼，怎么也说不出口，她想说，我口味早就变了呢，那些爱吃的很多都已经不爱吃了。

最终她只是笑了笑。

那应该是她吃过的最没有味道的饭菜了吧，饭桌上唐昊和她有一搭没一搭地聊着天，说起比赛的日子，说起那些等待结果的日子，可是却没说一丁点她和他的事情。

直到他放下筷子，脸上的笑意越来越浓。“果然还是这边的饭菜更合我胃口些。"

尤盼盼一时间不知道该说些什么，低着头装没听到。

"其实……"不知道过了多久，唐昊终于开口，"其实，我有事想给你说……"

"嗯，好。"尤盼盼深吸一口气，努力让自己的脸上保持平静。

"那次的事情……"唐昊犹豫着怎么开口，过了一会儿才继续说道，"当时我比赛事情压力有点大，做好了放弃比赛的准备跑回来找你，看到那一幕才会生气口无遮拦，其实就是误会……"

"都过去了。"尤盼盼放下筷子，打断了唐昊的话。

唐昊点点头，继续说道："是，都过去了……其实，我……我这次回来是想和你说……"

"呀，那不是唐昊吗？"

"是，真的是唐昊……"

"唐昊……"

"唐昊……"

唐昊的后半截话就这样淹没在了周围的尖叫声中，很快，周围的人全部涌了上来。

他们有的要签名，有的要和他握手。

在唐昊慌张应对的时候，一直跟在他身后的经纪人冲进了店里，试图维持这样的局面。

站起来的尤盼盼不知道什么时候已经被人挤了出去，她远远站在一旁看着被人群包围的唐昊，也就在这个时候她才更加清楚地知道，他现在是当红偶像，不再是那个酒吧驻唱默默无名的唐昊了。

尤盼盼动了动嘴唇，对着被包围的唐昊说了句“再见”，然后就去柜台结了账离开了。

离开之后，尤盼盼在大街上瞎逛了许久。

唐昊再次打电话来的时候，尤盼盼已经在外面逛了一个多小时了。

唐昊的声音里有些许着急，他说：“我刚才的话还没说完，我们……和好吧……”

在“和好吧”的尾音里，尤盼盼挂了电话，她知道，有些距离将永远横亘在他们之间。

Chapter nine

①

“可乐。”尤盼盼讲完事情的始末之后抬头看我，“结束了也好，这样，以后我就可以开始新的生活了，也可以开始爱别人了。”

有句话我想对尤盼盼说，可是最终还是没能说出口，那句话是，你学不会忘记怎么可能投入到新的生活，怎么可能会爱别人。

“我新的手机号。”尤盼盼报出一串数字，过了一会儿才开口，“我要换手机号了，不要告诉唐昊。”

我点点头，然后把她的新手机号存在了手机里。当然她也给周卿打了电话告诉他自己换号了，然后一再强调自己的手机号不许告诉任何人，如果别人有事找她就打我手机上。

她刚挂电话没多久，我就收到了周卿的短信，他说：可乐，她怎么了？

我想了想，最终回他：以后详细和你说。

我问尤盼盼为什么要这么做，她过了好大一会儿才回答我。

她说：“我没有想象中那么伟大，做不到说离开就离开，我害怕……害怕会因为他的某句话再次动摇彻底结束的决心。”

唐昊回南城的事情周卿很快也知道了，他并不是从我和尤盼盼那里听说的，我只顾忙着要实习的事情还没来得及找他，他是在电视上看到的。

大明星回家乡举办小型演唱会的新闻这几天早就铺天盖地了。

借此机会，我准备和周卿说那天的事情，于是找了个借口就从宿舍溜出来了。

我赶到和周卿约好的地方时，他已经到了。

远远的，他对着我招了招手，我走过去的时候，周卿把买的零食一股脑儿地塞给我，说“给你买的。”

“你什么时候这么好心了？”周卿买的零食，我接了过来，然后笑着望着他，“说吧，这么积极地贿赂我到底有什么目的啊？”

周卿拍了下我的头，说：“李可乐，你这个脑袋瓜子里都想的什么啊，我的一份好心好意被你说的怎么这么不堪啊？”

我不客气地回道：“哦，那既然是你的一份好心好意，谢谢了，我先回去了哦。”

说着，我假装往学校方向走去。

“好好好，怕了你了。”周卿一看我要走立马慌了，跑到前面伸手拦住了我，“我错了还不成，我承认……这就是贿赂你的……”

“这不就是嘛，早说多好啊。”我拍了拍周卿肩膀，“我啊，就喜欢有话直说的人了，说吧，找我出来有什么事情。”

对于我的明知故问周卿是敢怒不敢言，要知道他现在可是巴巴地想从我这知道尤盼盼的消息呢，当然不敢把我得罪了。

周卿虽然有众多不满，可是依旧好脾气地问：“唐昊回南城的事情，你看报纸了吗？尤盼盼……怎么了？还有啊，她为什么要换手机号？是唐昊找她了吗？”

周卿一口气问了好多个问题，对于他的问题我点了点头。

“什么？找她了？换手机号也是因为这个？”我刚点头，周卿就有点着急地问道。

“你啊，倒是容我慢慢回答啊，你一口气问这么多问题，我怎么回答。”我知道，周卿是特别想知道这些问题的答案，我便停止了玩笑，一个个问题回答道，“她当然是因为唐昊回来的事情了……总之呢，报纸消息没出的时候，我就知道唐昊回来了，唐昊是找她了，而且想要和她和好……”

说到这里我故意停顿了下，周卿果然愣住了，许久他才开口道：“她答应了吗？”

我还没有回答，周卿又喃喃自语道：“只要她开心就好了，她和唐昊在一起也蛮好的……”

实在是受不了周卿这个模样，我忍不住戳了戳他脑袋，说：“用你那满是游戏的脑子想想吧，如果答应了她至于换手机号吗？至于每天闷闷不乐吗？”

说到底还是关心则乱，我的话让周卿愣了下，许久，他才反应过来，说：“也是。”

周卿和我聊了会儿关于尤盼盼的事情，突然开口问我：“可乐，如果我告诉你我希望他们和好，你信吗？”

我愣了下，一时间不知道要怎么回答，说句实话，我不太相信。如果没有发生上次的事情，我可能会信，可是……

“肯定不信的，对吧。”周卿见我不回答，笑道，“毕竟上次他们……”

这种被人猜中心思的感觉不太好，我慌忙开口掩饰道：“说什么呢你，我呀，就是一时间没从你的问题里缓过神来……”

“好了，可乐，你不需要骗我的。”周卿叹了口气，“说句实话，如果没有上次的事情我肯定是不希望他们和好的，为了自己的私心。可是，可是……上次的事情之后，我越来越觉得，如果他们两个……最后没有在一起，我可真是犯了大错了，我要一辈子都背着这沉重的愧疚之心了……”

“你准备什么时候告诉她你对她的感情，还是……准备一直不说了？”和周卿告别之前，我开口问道。

周卿摇摇头。

“不说了？”

“不知道。”

“可乐。”周卿抬眼看我，“其实……我以前表白过。”

“啊？不，不会吧？”我有些不敢相信似的望着周卿，他说他表白过？

“嗯。”周卿点点头，“真的表白过，只不过没勇气说得太明白，借着愚人节情人节各种节日场合都说了，但是她好像都当成玩笑了，你也知道的……她向来都是爱和别人打打闹闹开玩笑的啊。”

“你从什么时候开始喜欢她的？”这个问题藏在我心里好久了，我刚知道周卿对尤盼盼的感情时就想问，但是一直没有机会问。

“很早以前了。”他回头看我，脸上的笑容很温暖，“比你喜欢顾朗还要久呢，甚至……久得多呢……”

也就是这个时候，我突然发现，原来我从来不曾了解眼前的这个少年。这些年，他究竟是背负着怎样的情感，才守着这份喜欢呢？

②

之后的几天里我和周卿是想尽办法逗尤盼盼开心，聪明的尤盼盼怎么会看不出来我们的用意，所以她陪着我们胡闹了两周，两周之后她找我和周卿认真地谈了谈。

大概意思就是，我们两个不必要因为她而这么小心翼翼，怕惹她生气，其实没必要，我们只要还像以前那样对她，她就很满足了。

唐昊试图找过尤盼盼，他给林亦然打了电话，林亦然自然告诉了我。我想了想，最终还是告诉了尤盼盼。

尤盼盼听完我的话之后，许久才说：“以后这种事情不要再告诉我了，如果接到他电话，挂了就是了。”

我把尤盼盼的话告诉了林亦然，林亦然点点头表示知道了。林亦然也曾说过，或许这就是他们最好的结局了。

起初尤盼盼还很抵触唐昊这两个字，后来她便习惯了，甚至偶尔还主动提起唐昊。

当然，说的无非都是他的歌啊他的访谈节目啊，她说这些的时候语气都很平静。

收到林亦然短信说他要近期去他舅舅家的时候，我正在和尤盼盼看一个访谈节目，关于唐昊的。

尤盼盼剥了一个橘子塞进嘴里，自语道："果然越来越有明星的范儿了。"

看了林亦然的短信之后，我很快回了短信，问具体时间定了没，却没收到他的回复。

林亦然向来回短信很速度，我只当他在忙，便没有再管这件事情了。把手机扔床上之后，我和尤盼盼开始看之前看的一部电视剧了，尤盼盼一边吐槽这剧狗血一边推测后面的剧情。

我忍不住吐槽尤盼盼："你看看，你明明很好奇剧情还一直吐槽人家狗血，哈哈哈，这不是给自己找不自在吗。"

尤盼盼白了我一眼说："你懂什么啊，我只是好奇后面还能多狗血！想看看能不能狗血到一种境界！"

自知说不过尤盼盼，我闭嘴乖乖看剧了，当然，如尤盼盼所说，这剧真的狗血到了一种境界。最后一集看完之后，我们俩同时说了句"白白浪费了我这大好光阴"！

尤盼盼觉得此时此刻唯有逛淘宝才可以平复自己的心，而我，无聊地拿起了手机。

哎？收件箱空空如也！

林亦然竟然没有回我短信！

这太不可思议了，和林亦然在一起这么久，他向来回短信都很快，偶尔回慢也不会超过一个小时啊。

这都……快一天了！

我拨通了林亦然的电话，眼睛时不时瞄向尤盼盼的电脑桌面，她正逛淘宝逛得开心着呢。

我摇摇头一面感慨她的败家一面羡慕她有家可以败！

就在这时，电话通了。

我刚准备问林亦然为什么不回我短信，就听到对面传来了一个欢快的女声。

“喂，喂？”

怎么会是女生？我打错电话了？

我拿着手机一看，林亦然的号啊。

电话那边的女生说话了，她的声音有些熟悉。“啊，是找亦然的吧，中午一起吃饭的时候他手机掉在我这里了，我下午忙还没来得及给他送呢。”

“这样啊，”我很有礼貌地开口说了句，“我知道了，那麻烦你了，谢谢……”

“谢谢你”的“你”字还没出口，就听到了电话那边传来的声音。

那感觉就像是吞了鱼刺，不，像吞了大便一样恶心。

那边刚才还有些欢快的声音突然变了调调，她说：“李可乐，尤盼盼不是很好奇我是怎么面不改色地对朋友的男朋友下手的吗？不是好奇我是怎么做到厚着脸皮对有女朋友的男生表白的吗？告诉她，就是这样做到的呢……”

她分明是在宣战，简直就是在告诉我“我就是这么酷炫”！

我愣了两秒，飞快地挂了电话。

尤盼盼回头望着我，问我：“你怎么了？脸色这么难看，吞大便了？还是吵架了？”

我只觉得脑袋里嗡嗡一片，是的，我要被气炸了！

我这个时候真的好想去问问李馨雨，她到底是练习了什么技能，竟然可以让我一秒钟血液直冲向大脑，恨不得提把刀和她同归于尽！

我咬牙切齿地把她的话一字不差地告诉了尤盼盼，尤盼盼听完之后愣了两秒，然后一甩手啪一声合上了笔记本，吐出了一连串可以被和谐的话，最终还不忘总结一句“她到底是怎么做到这么酷炫狂霸天的啊！是不是天生犯贱的技能就点满了啊”！

我和尤盼盼愤怒地骂完之后，才意识到一个更加严重的事情。

林亦然的手机在她手里！

林亦然中午和她一起吃饭了！

林亦然明明知道她喜欢自己还和她一起吃饭？还因为这个没回我的

短信……

这个时候我唯一庆幸的就是，我有一颗完好健康的心脏，要不然早就心肌梗塞死掉了！

尤盼盼比我理智，她一把抓住准备找林亦然的我，给我分析了一大堆。

“可乐，你别冲动啊，你一冲动可就着了她的道儿了。”尤盼盼一面分析一面感叹自己这水准完全可以扔去古代后宫和那群女人大斗一番最后坐上皇后的位置了。“你要冷静，等手机回到林亦然手里了，好好地听林亦然说说是怎么回事。还有，现在别去找林亦然，更不能发短信说分手，手机还在那个贱人手里呢！”

尤盼盼的话让我体内的躁动因子瞬间冷静下来了，对，要冷静，要冷静。

可是……

我怎么可能冷静下来啊……

我努力去给林亦然想各种理由，可是当我想到李馨雨的话时就全军覆没了。

这一仗我真的败得彻底。

③

林亦然把手机从李馨雨那拿回来时已经是晚上十点左右了，他大概是听李馨雨说了我打电话的事情，于是打电话给我解释。

接起电话，听到那边是林亦然的声音之后，就不可控制的说了一大堆话。“现在想到给我打电话了？有李馨雨大美女陪着，午饭吃的开心吗?”

我刚说完，尤盼盼就白了我一眼，然后在旁边对我说道：“别乱发脾气，先听听他怎么说啊。”

我扭过头，装作没有听到尤盼盼的话。

“可乐，你先别生气，听我解释。我们只是吃饭的时候撞到了，刚好她说找我有点事情，我和她毕竟是朋友，所以不好拒绝。吃过饭之后我就走了，手机忘在那里被她捡到了，后来打电话她说有事不在学校，我刚拿到手机就给你打电话了。”林亦然趁着我不说话的时候赶紧解释道。

“真的只是这样啊。”林亦然怕我不相信，继续说道，“这是真的，吃过饭之后我就走了，她找我也就是想说以后不会再因为自己的喜欢给我带来麻烦了，希望我还能把她当朋友看……”

说到这里，我终于忍无可忍了，我吼道：“所以呢，你就答应了把她当朋友看，是吧？你明知道她喜欢你还和她一起吃饭，明知道她喜欢你还答应和她当朋友?”

林亦然再三解释道：“她真的说了，以后只把我当朋友看啊，我和她……”

“懒得说，你就继续去和她当朋友吧，请你们幸幸福福地当朋友。”

我说完就挂了电话。

尤盼盼看我挂了电话之后忍不住数落我："可乐，你怎么这么笨呢！"

我隐忍了很久的眼泪终于落了下来，我哭道："是，我是笨，一有什么事情只会哭闹不会想到好的解决办法，那你去和聪明的李馨雨做朋友去啊！"

听我这么说，尤盼盼忍不住抬高了声音。"哎，我说你……你怎么这样啊，我说什么了！"

我哪里还顾得着和尤盼盼说话，只顾着哭了。

尤盼盼走到我身边，抱住我，放柔了声音说道："可乐，你别这样。男生和女生的思维本来就不太一样，在我们看来，有了女朋友还和喜欢自己的人一起吃饭、做朋友是件不得了的事情。可是，在他们看来，就跟太阳每天照常升起一样平常，他们真的觉得没什么。你要是接受不了这一点，要好好和他说，不能这么胡闹。"

"我告诉你。"尤盼盼看这样劝我还不起作用，忍不住举起了反面教材，"网上这种事情多了去，你再这样胡闹下去就只能成为他前任了！"

尤盼盼说的话我何尝不知道，可是我还是过不去心里那道坎儿。

林亦然后来又打了几次电话，我要么不接，要么接了也不好好说话。最终，还是尤盼盼夺过电话，对他说"让她冷静下吧"。

第二天一大早，尤盼盼就拽着我要去学校餐厅吃早餐。

被她拉到学校餐厅的时候，才发现周卿和林亦然也在。

周卿看到我时，笑得特开心，他说："可乐，我帮你买好饭了，快过来吃。"

尤盼盼趴在我耳边低低说道："可乐，胡闹是解决不了事情的，坐下吧。"

我死活不愿意坐下，最后还是尤盼盼使劲在我胳膊上掐了好几个手印，我才在林亦然对面坐下。

在吃饭的过程中，周卿和尤盼盼不只一次地把话题抛给我和林亦然，林亦然好几次都很是自然地接上了，但是我压根不理他们。

在周卿去把点的炒蘑菇端上来时，尤盼盼已经把我大腿都快掐成青的了，我依旧沉默着低头吃东西。

"可乐，吃这个。"林亦然主动夹了蘑菇放到我碗里。

我抬头对上他的脸，像是赌气一般我迅速夹起碗里的蘑菇扔到了桌子上。

这一举动遭到了周卿的强烈不满，他嚷嚷道："心情再不好也不要和菜过不去啊，这些都是钱买的，不能浪费。"

我抬头看了一眼对面的林亦然，他脸上表情不是太好，但是很快就恢复了刚才的样子。

尤盼盼发现不管她怎么掐我大腿我都不愿意抬头给林亦然示好之后，终于放弃了。

这顿烦闷的早餐就这样拉下了帷幕。

从餐厅出去的时候，林亦然跑到我面前拦住我，他一脸严肃望着我，说："可乐，我们谈一谈。"

我刚想拒绝，就看到尤盼盼扯了周卿离开，只剩下了我和林亦然。

我只得硬着头皮点了点头。

"我已经解释过了，我和李馨雨没有什么。"林亦然开门见山，"可乐，我觉得我已经在试图理解你的不安，你的情绪了，那么……你可不可以稍微体谅下我？"

我抬头盯着林亦然，问道："你要我怎么体谅？"

我语气里有着明显的不快，林亦然怎么会不知道，饶是这样，他依旧耐着性子和我说着话。

"可乐，李馨雨以前是喜欢过我，但是她已经说了现在只想和我做朋友。"林亦然叹了口气，"我爸和李馨雨她爸是同事还是朋友，两家一直都有来往，我不可能不和她说话。"

"所以，你到底要我怎么做才可以？"他看着我，声音里有着一丝疲惫，"我最近真的有很多事情缠身，所以，我们别闹了好不好？"

④

我看着眼前极力解释的林亦然，突然想到尤盼盼早上拽我到餐厅时说的那句话，她说得对，胡闹是解决不了问题的。

我点点头，我也不想再闹下去了。

想了想，我还是开了口：“以后……你少和她接触，可以吗？”

林亦然还没来得及回答我，我就听到了李馨雨的声音，她说：“亦然哥，你在这里啊。”

她像是没看到我一样，径自走到林亦然身边笑嘻嘻地说：“我妈说让你这周末去我家做客呢。”

林亦然看了看我，然后对着李馨雨点了点头。

“嗯，那我先走了。”李馨雨走了几步之后又回头，“记得一定要来哦，我妈可是准备了很多好吃的。”

我突然不想再和林亦然说什么了，只说了“我回去了”就离开了。

回到宿舍的时候尤盼盼问我谈的怎么样了，我摇摇头告诉她很不好，非常不好。

尤盼盼知道说再多也起不了作用，索性拉着我去逛街。

本来我是完全没心情逛街的，但是禁不住尤盼盼的软磨硬泡，最终勉为其难同意了。

一说逛街，尤盼盼就像吃了菠菜的大力水手一样瞬间浑身都是力气，她扯着我在学校附近的街道转悠了好几遍都不觉得累。

最后在我的再三哀求下，尤盼盼才同意放过我。

回去的路上，她突然指着来来往往的路人对我说道：“可乐，你看。”

我不知道尤盼盼让我看什么，有气无力地回了句“什么”然后就乖乖等着她给我解释。

她使劲推了我一把，然后抬高声音说道："你是要死了啊!"

我撇撇嘴，不回答，说真的，我现在已经没有力气再说话了。我觉得我脑子都要爆炸了，只要想到林亦然和李馨雨，不管我怎么努力说服自己都没办法从那件事情上移开目光。

"可乐。"尤盼盼扯了扯我的袖子，示意我看来来往往的路人，"看到了没？这些人中有很多可能都在经历你所经历的痛苦，有的甚至要痛苦百倍，可是他们呢，还不是照样该逛街逛街，该吃吃该喝喝啊，你这么想不开，可要怎么办？"

我当然知道尤盼盼是为我好，可是现在我完全没有心情去注意这些，半天才开口道："我也不知道要怎么办。"

"可乐，你知道唐昊……那个时候走之后，我最后悔的事情是什么吗？"尤盼盼转头看我，脸上挂着一丝落寞的微笑。

后悔？

我从没想过这两个字会从尤盼盼嘴里说出来，周卿曾经说过尤盼盼就是那种即使撞南墙撞得头破血流都不会说后悔的人，顶多说几句脏话，我也一直坚信着。

可是现在尤盼盼对我说后悔。

我愣了下，问道："同意他当初去比赛？"

"不。"尤盼盼摇摇头，伸手拉我，"后悔和他在一起的日子没有更好地对他。"

我回头看尤盼盼，不知道是因为阳光的问题还是怎么回事，我总觉得她的脸这一刻像是被镀上了一层光似的。当然，后来当我把这想法告诉尤盼盼时，被她狠狠吐槽了，她说“你以为我是电视剧里自带柔光的女主角啊”。

尤盼盼说完之后又回头看我，许久才开口，她说：“可乐，恋爱有时候需要让步的，人和人之间是需要磨合的，去吧，给林亦然打个电话，两个人坐下来好好把这件事说清楚。”

我虽然很想反驳，可是最终还是乖乖地掏出了手机拨了林亦然的电话。

“嘟嘟——”

“嘟嘟嘟——”

我握着手机转身望着尤盼盼艰难地扯起了嘴角。“他不接电话……”

我就知道，我就知道这个电话是不该打的。

说完之后，我就挂了电话，也没有心思再跟尤盼盼在外面转，直接回了宿舍。

林亦然不只没接电话，他也没打电话过来。

不知道为什么，我的脑海里突然冒出一个奇怪的念头，不管我怎么阻止都没用。

我觉得林亦然不接电话是跟李馨雨在一起……

一时间那些好不容易压下去的难过心酸委屈全部涌上心头，不管尤盼盼怎么劝我，我都决定，我不要理林亦然了。

林亦然给我打电话过来时已经很晚了，他的声音有些沙哑，他说：“可乐，我下午那会有事。”

我“嗯”了一声便不知道该说什么了，刚和林亦然在一起的时候，只要给他打电话他都会立马接的，哪怕有事也是几分钟后就回过来的。

我连问他什么事的力气都没有，以“累了要睡觉”为借口挂了电话。

林亦然也没有多说什么，挂了电话之后和以往一样给我发了“晚安”两个字。

⑤

尤盼盼和周卿努力了很久也没办法打破我和林亦然之间的尴尬气氛后，他们两个索性不管了。说也奇怪，我和林亦然在外人看起来依旧是男女朋友关系，就连每天晚上都发的“晚安”两个字他都没有落下。

可是彼此之间更多的却是不说其他的，用尤盼盼的话说就是在逃避。

我们逃避着有关上次吵架的任何话题，在一起也是不冷不热的状态，这样的气氛让人窒息。

后来，我索性减少了和林亦然见面的机会，如果两个人不小心在学

校撞到了也只会以“刚刚忙完出来转转。”为借口

好几次，看着这样的林亦然我都想开口告诉他，不如结束吧。

可是好几次都把这句话吞回了口中。

尤盼盼有事出去之后，我一个人在宿舍很无聊，决定出去转转。

在学校外面遇到顾朗是我没有想到的事情，他一个人站在那边打电话。在看到我时，他挂了电话主动和我打了招呼。

我往他身后看看，没有看到李菲菲的身影。

“分手了。”他似乎察觉出我是在找李菲菲，开口解释道。

我没想到顾朗和李菲菲已经分手，所以一时间有些尴尬，不知道要说些什么呢。

“你男朋友呢?”他开口。

“在宿舍吧。”我的语气里更多的是不确定，今天整整一天我和他都没联系过对方。

“怎么?闹别扭了?”顾朗微微一笑，“吃饭了没，不如一起吃个饭?”

顾朗的话让我愣了下，我刚想拒绝，就见他朝旁边的餐厅走去。

“走吧，就要毕业了，指不定是最后一次见面了。”

顾朗这样说，我自然不好再拒绝，只好跟了上去。

我跟着顾朗走进餐厅的时候，刚好碰到了正要出来的李馨雨，她的目光在我和顾朗身上来回扫视，微笑着和顾朗打了招呼。

我这才想起来，她和顾朗应该是见过面的，唐昊准备离开南城回去

找尤盼盼那次她和顾朗都在场。

我别过脸，装作没有看到李馨雨。

李馨雨走之后，顾朗看着李馨雨的背影突然开口道："你们怎么了？"

我愣了一下，不知道他是什么意思。

他走到靠窗户的位置坐下，等我走近之后才开口道："以前在学校见过你和她一起玩，刚才……还有之前……"

正好服务员拿了菜单过来，顾朗便没有再说下去，点了菜之后他抬头看着我。

我犹豫了半晌然后开口："没事。"

吃饭的时候顾朗不时问我点问题，大部分都是我现在的生活怎么样，偶尔会提起周卿和尤盼盼。

到最后的时候，他突然说："可乐，有时候我很怀念以前我们四个胡闹的日子。"

我低着头盯着眼前的菜不知道要怎么回答。

"还有啊……"他顿了顿，"你这脾气可得改一改。"

我抬头望着顾朗，许久才点头。

"我们毕竟在一起那么久了，我还是有点了解你的，你呀，就是脾气太犟，你明知道那样会吃亏依旧那样做。"

他似乎还想说什么最后笑了笑就转移了话题，正如顾朗所说，我和他毕竟在一起那么久，他对我还是有点了解的。其实，我对他也是。

我当然知道他刚才想说什么，大概是说我的脾气，以及我性格的某些缺陷，比如太在乎太依赖别人容易失去理智。

他大概是觉得自己这个时候没有资格说这些才转移说了其他的。

其实，我一直以为我和顾朗再也不可能这么坐在一起好好说话了，毕竟我和他是最了解彼此的人，同样也是伤害彼此最深的人，这不得不承认。

后来我们两个便再没说这个话题了，倒是他主动提起了他和李菲菲。我不知道该怎么接话，只好默默地听着。

“李菲菲是个蛮好的女孩子。她话不多，很少管我的事情，我和她在一起觉得平凡又踏实。”

“可乐，你知道我和她为什么分开了吗？”顾朗自嘲般笑了笑，“说也奇怪，这明明是我想要的爱情，可是很多时候我都会怀疑，怀疑我和她之间到底算不算爱情。

“果然啊，有时候只有疼痛才能让人知道爱情的存在。”

我有些不解地望着顾朗，他笑了笑站起身，说：“走吧，我送你回学校。”

我摇了摇头表示等下可以自己回去，看我态度坚决他便没再要送我。

出了餐厅门口之后，他又一次重复了刚才的话。

他说：“可乐，有时候只有疼痛才能让你知道爱情的存在。”

我对着他摆了摆手，表示要回去了，他点了点头也同样摆了摆手。

这算是我和顾朗之间真正的告别吧。没有怨恨没有不甘，我终于把埋在记忆深处的自己拽了出来，然后平静地和自己做了最后的告别。

不知道为什么，我突然想到了林亦然，或许，顾朗说得对，有时候只有疼痛才能让人知道爱情的存在。

我和林亦然不也是吗，当我因为李馨雨心情不好却又舍不得说结束的时候其实就已经证明了，他在我心底是不一样的存在的。

我掏出手机决定给林亦然发短信，把自己想要说的话都告诉他。

Chapter ten

①

我还没来得及给林亦然发短信就接到了他的电话。

他问我："可乐，你现在在哪里？"

"学校外边，怎么了？"因为决定了要和林亦然说明白，加上他刚好打电话过来，我想不如索性在电话里说明白好了，"那个，我……"

"和谁在一起？你自己吗？"林亦然打断了我的话。

虽然不知道林亦然为什么这么问，我答："嗯，是呢。"

"哦。"半晌才听到林亦然的回答，"这么晚了，别自己在外面，早点回去。"

林亦然说完就挂了电话，那些想对他说的话都没有来得及说呢。

就在我想着要不要打电话回去的时候，听到了周卿的声音。

"这边，这边，李可乐！"我扭头就看到周卿从后面追了上来，"看背影觉得是你，没想到真的是。"

"哎？你自己啊？"

我当然知道他想问的是尤盼盼怎么没和我在一起。"是啊，没和尤盼盼在一起，她下午的时候就出去了，我是刚才出来的。"

周卿嘿嘿一笑，然后去旁边的超市买了零食出来。"走吧，一起回学校。"

我知道他有话跟我说，便跟着他朝学校走去。我和周卿在校园里转了好几圈，当然说的都是他和尤盼盼的事情。

“你还没想好要不要去表白?”走的有些累了，我们在操场边坐了下来。

这个时候操场上很多男生在打篮球，多半都是大一的学生，像我们这群即将毕业的人哪里还有闲情雅致打篮球。

“嗯。”周卿点点头，“总觉得……会不会太唐突?”

“你怎么想的?”我转头望着周卿，“是想和她在一起，还是就是以现在的状态陪着她?”

“以前的时候是想就这样陪着她就好了……”周卿半天才开口，“可是，后来看到她和唐昊在一起时，才觉得，自己很羡慕……羡慕唐昊可以正大光明地陪着她，甚至和她闹小情绪……”

“可乐，你说，如果我去表白，她……”周卿把求救的目光放在我身上，“她会怎么样?”

“我其实也不怕被拒绝，就是怕……”周卿根本不等我开口，自顾自地说了下去，“我就是怕，以后连朋友都没得做。”

周卿说完之后看了我一眼问：“你呢?”

我怎么了?

许是看出了我脸上的迷茫，他提示道：“林亦然的事情啊。”

我摇了摇头，说：“不知道，再说吧。”

周卿送我回宿舍的时候在楼下对我说：“其实啊，可乐，你不知道我多羡慕你和林亦然。”

听了周卿的话之后我忍不住嘟囔了句：“这有什么好羡慕的啊。”

周卿拍了拍我的头，说：“你要知道，你喜欢的人正好喜欢你，这本来就是很值得羡慕的事情了，快回宿舍吧。”

我和周卿的闲聊依旧没给他带来任何有建设性的意见，他还是不知道要不要告诉尤盼盼自己喜欢她。

我准备回宿舍的时候，周卿突然说：“对了，下周我要去看看实习的地方，你要去吗？我爸爸朋友的公司，你喊上她。”

我点头表示好，然后朝宿舍走去。

我到宿舍楼下的时候发现林亦然正站在那里，不知道他在那里站了多久，因为一直低着头的原因他并没有看到我。

说实话，在看到林亦然的身影时，我心里还是很开心的。

我慢慢绕到他后面，轻轻拍了下他的肩膀，准备在他回头时对着他做个鬼脸。

可是，在林亦然回头的瞬间，我却僵在了原地。

林亦然的脸上没有一丝惊喜，更没有笑意，他严肃地望着我。

“怎么了？脸色这么差”我故作轻松地想伸手捏他脸时却被他躲了过去。

我的手僵在半空。

林亦然别过脸不看我，好半天才开口道：“你回来了啊。”

我尴尬地收回了手，点了点头。“嗯。”

“刚才……你和谁在一起……”林亦然并不抬头看我。

“周卿啊，怎么了?”我以为他是看见了周卿才问的，随口回道。

“可乐。”林亦然抬头盯着我的眼睛，“你的话里有几分是真的呢?”

我被林亦然这句话弄得有些恼怒，我往后退了一步，望着他，问道:“你什么意思?”

“刚才打电话你不是说你自己一个人吗?”他语气里有着些许不耐烦，“没多久的事情你不会忘记了吧?”

林亦然的语气着实让人很生气，我已经尽量克制我的脾气了，我耐着性子解释道:“是啊，挂了电话没多久就遇到周卿了，他刚好有话和我说，就一起说了会儿话。”

我的回答得到的却是林亦然有些怀疑的目光，他看了看我，半晌才开口:“哦，是吗?”

脾气再好的人这个时候大概也忍不住要发火了吧，我盯着他，一字一句地回答他:“是，你不信可以打电话去问周卿。”

林亦然没再说话，而是低着头不去看我。他这样其实已经在告诉我，他不相信我，同样也不相信周卿。

我懒得再和他说下去，之前想要和他说的话也在这一刻统统咽回了肚子里。

我觉得再在这里待下去，指不定我情绪失控说出什么恶毒的话呢，为了安全起见，我决定先回宿舍。

②

我刚迈开脚步就听到身后传来林亦然的声音，他说："可乐，我现在不知道要怎么相信你。"

我心里的怒气就在这一刻被林亦然成功点燃了，我回头看着他冷哼一声，道："那就别信了呗。"

我知道我在生气的时候就会口不择言，此时此刻我哪里管这话该不该说出口，把心里想说的话全部说了出来。

"我也不知道你为什么莫名其妙就跑来宿舍楼下等我，然后说了这么些莫名其妙的话，你不就是想知道我下午到晚上在哪里、见过谁了吗？那直接说出来啊，你要是好好问，我当然会好好回答，你用得着用那样的语气对我？"

林亦然并不说话低着头不解释。

"我之前见到李馨雨了……"半晌，林亦然才开口，"她说看到你和顾朗了。"

原来是这样，我说呢，在宿舍楼下等我说了一大堆莫名其妙的话。

我把心里的小火苗一点点熄灭，极力控制着自己的情绪，想要和他好好说说。"是，我下午出去那会儿是见到顾朗了，而且一起吃了饭，但是你给我打电话的时候的确是我自己一个人。"

林亦然哦了一声。“可乐，你是不是说过，如果我和顾朗之间让你选一个的话，你会选顾朗?”

林亦然这句话让我觉得更加莫名其妙了，这种话我什么时候说过？看着我不解的眼神，他解释道：“李馨雨说以前你们闲聊的时候说过……”

经他这么一提醒我才想起来，那是我和林亦然刚刚在一起没多久时，跟着李馨雨一起去泡温泉时候她问“顾朗和林亦然你会选谁”这个问题，尤盼盼开玩笑的回答。

我冷笑一声，望着眼前的林亦然，回道：“你就相信她了呗?”

“她没必要骗我。”这是林亦然的答案。

刚刚被熄灭的怒气再次燃了起来，而且越烧越旺，我只觉得五脏六腑都要被灼烧了。

我盯着林亦然的眼睛看了好久，说：“那你还来问我做什么？既然相信她那就相信下去啊。”

说完我就朝着宿舍奔了过去，留林亦然站在原地。

我真的没想到林亦然也会这样对我，我一直觉得他和别人不一样，是啊，凭什么他和别人不一样。

回到宿舍的时候尤盼盼正躺在床上，看见我推门进来了立马开心地说道：“可乐，我发现啊这抖腿还真有用，刚才量了下，我小腿细了一厘米呢。”

我哦了一声就躺在床上，随手扯过被子盖住了脸。

“你怎么了?”发现了我的不对之后，尤盼盼停止了抖腿，然后从床上滚了下来。

“没事。”我郁闷地说。

“得了吧。”尤盼盼跑到我床边扯我的被子，“咱俩好歹也认识这么久了，你以为这种小儿科谎话能骗得了我？说吧，是被劫财还是被劫色了啊？”

我嚯地一下掀开被子，然后对着尤盼盼的脸说：“我要被林亦然气死了！”

尤盼盼满不在乎地瞥了我一眼，答：“得了吧，这不是还活蹦乱跳着呢吗！”

“你知不知道，他这个猪脑啊，竟然守在宿舍楼底下就是为了质问我！是，我承认，我是和顾朗去吃了饭，但是他给我打电话……”

“打住，打住！”尤盼盼还没听完我的抱怨便让我闭嘴了，“你说什么？你和顾朗吃饭？你脑瓜子里装满了浆糊，是不是？”

我委屈地看着尤盼盼，没想到这个时候连尤盼盼都不站在我这边。

“可乐，你这是典型的只准州官放火，不准百姓点灯。”尤盼盼白了我一眼，示意我往里边躺一躺，她躺在了我边上，“林亦然和李馨雨一起吃个饭你不也闹了一次吗？你和你前男友吃饭，而且还是恋爱了好几年的前男友，人家心里痛苦是当然的呀。”

尤盼盼这么一说也有些道理啊。

难道真的是我错了吗？

“不是！”我使劲推了下尤盼盼，差点把她推到床底下，“不是这个问题，好吗？你倒是听我说完啊。”

“那你倒是快说啊！”尤盼盼说着又往里边挤了挤，“你要是敢把我挤下床我就和你同归于尽，说到做到。”

我只好往里面挪了挪身子，然后侧头望着尤盼盼说道：“真的不是这个问题，他要是因为这个，我会好好解释的，问题是他的语气！他的语气也就算了，你不知道他竟然相信李馨雨，然后怀疑我啊！”

接下来的半个小时里，我把下午到晚上的事情一字不差地描述讲给尤盼盼听。她好久才开口说：“所以……那次温泉时，姐姐我开的玩笑被李馨雨告诉林亦然说是你回答的？”

我“嗯”了声。

“哎，对了，可乐，我也很好奇你的答案啊。”

“什么答案？”

尤盼盼冲着我嘿嘿一笑，说：“选顾朗还是林亦然啊？”

我的天啊，尤盼盼可真是哪壶不开提哪壶啊！

③

我和林亦然之间的冷战就这么拉开了帷幕，他再没有找过我，我当然也不会去找他。不管尤盼盼怎么试图说服我，我都死守阵地，坚决不后退一步。

我不是生气他误会我和顾朗，我生气的是他完全不相信我，他宁愿相信别人说的话，他在还没有来问我的时候已经给我定了死刑了，那么又何必来问我呢？

周卿知道我和林亦然冷战的原因之后，特地好心地跑去找林亦然帮我解释，结果却垂头丧气地回来了。

“以后我再也不掺和你们的事情了！”周卿喝了口水，瞪了我一眼，“我容易吗我？跑去帮你解释还被骂了！”

我对着周卿的后脑勺使劲敲了下，说：“谁让你多此一举的啊，解释个毛线啊，你管好你自己的事情，好吗！”

受挫的周卿决定回家玩几天游戏借以打消自己心头的郁闷，临走前他突然问我：“我给你说的实习的事情，你给她说了吗？”

周卿这么一说我才想起来那天被林亦然气得晕头转向的，早把这件事情给忘记了。但是又不好意思告诉周卿自己忘记了，只好打着哈哈回答：“啊，等，等决定了再告诉你。”

回到宿舍之后我把周卿说的实习的事情告诉了尤盼盼，结果她一甩头发很是干脆地拒绝了。“我不去，我还准备趁着最后的半年好好嗨皮呢，上什么班？哎，李可乐，你不会准备去呢吧？”

其实，我本来还真准备去呢。结果被尤盼盼这么一说，我也不好意思说自己去，于是故作潇洒地说：“不去！不能浪费我的大学生活！”

尤盼盼丢下一句她爸妈回来了要回家就把我自己扔在了学校，因为已经没什么课的原因，我也收拾收拾东西回家了。

从学校回到家之后的三天里，我基本都躲在自己房间里很少出去。

我妈时不时来我房间里拿个东西，或者送个东西，在她第十次进我房间只为了送水果的时候，躺在床上装尸体的我终于忍不住开口说道："妈，你别在我屋子里晃来晃去的成不？你瞅瞅，从我回来到现在，你每大都要来回个几十趟啊。"

我妈听完我的话忍不住走到我身边拽了拽我的被子，说："我这不是害怕你发霉吗？眼看这都要毕业了，你这孩子怎么一点都不着急啊？每天在家吃了睡睡了吃的，你说我容易吗？你都快三十的人了，我还得操你心。"

我一听我妈的话噌地一下坐了起来揉了揉乱糟糟的头发，然后说道："妈，有个问题我必须纠正你下，我还不到三十呢，我再说一遍啊，我才二十出头！"

说完我又直挺挺地躺下去了，昨天晚上熬夜和尤盼盼视频通话，这会儿困着呢。

要不是我老妈刚才说的话触到了原则问题，我才不坐起来呢。

于是在接下来的一个小时里，我妈絮絮叨叨地说了一大堆，无非就是告诉我二十出头离三十也不远了。还有，这个年纪是该出去找个工作了，说到最后竟然扯到了隔壁的隔壁王大爷家的女儿身上，从她女儿的事情最后又扯到了自己年轻那会儿……

在她絮絮叨叨的声音里，我没睡着，不得不爬起来。

见我起床穿衣服了，她终于松了一口气停止了自己的忆苦环节，站起身朝门口走去，走到门口时还不忘回头交代我：“记得把被子叠好了。”

我洗漱完之后给尤盼盼打了电话，本来想约她出去玩，结果没人接。

出去又没什么可玩的，我决定开电脑玩会儿游戏，电脑刚打开，手机就响了，是尤盼盼。

“你打电话干什么呢？”电话里尤盼盼的声音一副没睡醒的样子。

“还在睡啊？这都下午了！”

大概过了十几秒才听到尤盼盼含糊不清的应答声。“是啊，反正没什么事，哎，你怎么会比我起得早啊，完全不符合猪该有的习性啊。”

说谁是猪呢！我在心里默默地骂了句尤盼盼，然后笑道：“这不，三天没见，太想你了，一起吃个饭，可好？”

听说要一起吃饭，尤盼盼很爽快地答应了。

她报了个等下要见面的地址之后就挂了电话，尤盼盼电话刚挂，我妈又推门进来了。这次她不和我多说直接动手了，她走到我面前淡定地关了电源。

“刚起来就玩电脑？你也这么大了，是该想想了……”

完蛋，又来了！

这个时候我拿起床上的包朝外面跑去，边跑边说：“我这就出去！还有啊，我晚上不回来吃饭了，走了！”

“你去哪……”身后传来我妈的声音。

一口气跑到楼底下之后，我才觉得自己好一些了。

④

等我赶到尤盼盼说的地址时，她已经到了，当然了她身边还有周卿以及……林亦然。

看到我时，尤盼盼直接过来给了我一拳表示最真诚的问候。我和林亦然看了彼此一眼，然后默契地移开了目光，再无交流。

直到饭菜端上来，尤盼盼还不忘问我：“哎，你怎么会想到给我打电话啊，我记忆中的李可乐可是只小白眼狼啊，在家的时候能宅到死都想不到我的啊。”

“这不是想你吗？”说完这句话就遭到了尤盼盼的白眼，自知瞒不过尤盼盼索性全招了，“还不是我妈，我在家这三天她恨不得把我扔出去，一会儿去我房间转一圈，这也就算了，动不动还要给我上个思想教育课……我觉得再在家里待下去，她估计会找个人让我嫁了。”

我说完之后周卿立马朝我伸出了手，笑道：“我妈也是，一直在念叨……”

尤盼盼嘿嘿一笑，把筷子伸向了我这边的盘子。“这个时候我才体会到我爸妈的好，从来不管我。”

我们在说这个话题的时候林亦然一句话都没说，一直低头在吃东西。

周卿无数次给我使眼色，让我主动和林亦然说话。我像没看见周卿的表情一样，继续有一搭没一搭地和尤盼盼贫嘴。

林亦然开始说话已经是后来了，当然了，他不是和我说话，而是和周卿、尤盼盼。

他说话的时候，我又不知道怎么接，索性只顾着吃菜了。

吃完饭之后，尤盼盼推着林亦然让他送我回家，我一口拒绝了。

“可乐，你没听说吧？最近啊，抢劫啊小偷啊什么的特别多，你一个女孩子回家多危险啊，让林亦然送送你。”在我拒绝之后，尤盼盼还是不放弃地说道。

“不用送，你放心好了，要是真是遇上抢劫的我直接把包递给他。”说完我就准备离开。

“等等！”尤盼盼一把拽过我，“要是遇到劫色的怎么办？”

我看了尤盼盼一眼，然后撇了撇嘴，说：“你这乌鸦嘴不能说点好的？再说了我长得安全着呢……”

尤盼盼不甘示弱地瞪了我一眼，没好气地说“要是遇到饥不择食的、你岂不是完了……”

我把目光移到周卿身上，周卿却对我连连摆手表示自己等下还有事，得了，这家伙用到他的时候就这样！不用想也知道，是和尤盼盼串通好的了。

林亦然就是在这个时候开口的，他说：“我送她回去。”

他说这句话明显是在对尤盼盼说而不是我说，我自然没必要接腔了，所以我只是对着尤盼盼摆了摆手，大步朝我家方向走去。

林亦然真的跟在我身后要送我回家，一路上他和我都保持了一点点距离，两个人自然是没有什么话可说的。

快到我家门口的时候，林亦然突然抢先一步走到了我面前。我以为他有什么话要说，遂停下了脚步望着他，可是最终他还是什么都没说又低头朝我家方向走去了。

我无数次都想开口和林亦然说话，可是最终话到嘴边又生生地咽了下去。

最终我们两个就这样保持沉默，直到我家门口。

“可乐。”林亦然终于开口，似乎想要说点什么最终却笑着对我摆了摆手，“你到了，那……我先走了。”

我“嗯”了声算作回答。

林亦然站在原地犹豫了几秒，走向了马路那边。

我站在这边看着他一直穿过马路，来来往往的车辆横亘在我们中间。

过来抱我吧，只要一个拥抱，我就可以原谅你我之间所有的不快，你的不信任你的怀疑。

可是，我忘记了，我眼前的这个少年除却温顺的一面也有着和我一样的固执。

他走到对面之后朝我看过来，我们就这样隔着车辆遥遥相望。

这场博弈中，没有人愿意让对方一步。

我有很多话想要对他说，最终却低下头转身走了回去。

很多年后，我都会梦见林亦然送我回家的那个下午，他隔着车辆望着我，我也望着他。可是，连再见都不曾说出口，他已经消失了。我急得满世界找他，直到从梦中挣扎着醒来。

我回到家的时候又遭到了老妈的批评教育，不外乎谁谁谁家的女儿找了个多好的工作，谁谁谁家的孩子根本不用家里大人操心。

我无力和她争辩，也自知在辩论这件事情上差了我妈很大一截，因为她完全不讲理，我真的很羞愧自己这个样子。

最终实在忍不了了，只好给尤盼盼发短信，问她可不可以去她家里借住一晚。

尤盼盼很快就回了短信，说：好啊，我正在外面逛街呢，啊，对了，刚才我看到李馨雨了。

我并没有细想就回了句：感谢你的大恩大德，没齿难忘。

我告诉我妈晚上要去尤盼盼家睡的时候，她断然拒绝了。

“你在自己家里就懒得动不动，去人家家里丢人去啊?”本着只能在自己家丢人的原则，她很是果断地拒绝了我的要求。

我找了无数次借口，最终以“我要去和尤盼盼商量下关于实习的事情”为借口成功说服了她。

我到尤盼盼家里的时候她还没有回来，所以只好在她家小区的凳子上坐了会儿。

尤盼盼回来时，天早已经黑了，在看到她的那瞬间我就差哭着奔过去了，因为我的手机在等她的这段时间里玩游戏玩的自动关机了。

尤盼盼看到我时刚才还黑着的脸瞬间变得晴朗起来。“哟，已经到了啊，要不要一起去吃个夜宵啊？”

我摆摆手表示不用了，再吃下去我估计要直奔一百二了。在我再三表示绝对不会再吃东西时，尤盼盼才放过我带着我直奔她家。

“我爸妈出去了不在家，所以你可以在我家很自由地撒欢了。”尤盼盼边开门边说。

我点点头表示知道了，顺便抱怨了句我那个唠唠叨叨的老妈。“你不知道，她最近真的是怎么看我都不顺眼啊，每天在我耳朵边说来说去的，头都大了。”

“知足吧你。”尤盼盼关上门之后把钥匙扔到了桌子上，“你看看，我爸妈都不管我的。”

“啊，对了，你家有别的充电器没？我手机没电了。”因为知道尤盼盼的手机充电器我不能用，就想着她家可能还有其他的充电器便问道。

“貌似没有了，要不下去帮你买个？”尤盼盼直接进了卧室换衣服去了，换好睡衣之后她从卧室探出了头。

“不用了。”想着明天就回家了，到家再充吧，反正也没什么事情。

尤盼盼换好衣服之后从衣柜里挑了个宽松的衣服丢给我，说：“凑合着穿吧，我这可是新的，只在店里试了试还没穿过呢。”

尤盼盼衣柜里有很多衣服，我好奇地参观了之后换上了那件衣服，陪着她坐在客厅看了两集电视剧。

电视剧演完之后，尤盼盼从冰箱里拿出酸奶递给我。“睡觉去吧。”

我点点头，跟着她去了卧室。这不是我第一次来尤盼盼家住，所以并不觉得不好意思，喝完酸奶之后就在她的大床上打了个滚。

关了灯之后，尤盼盼和我说了很多事情，从我们小时候说到一起考上高中然后到大学，当然，末了她还不忘感慨：“可乐，有没有觉得岁月催人老啊，一晃眼过去，我们都要奔三了。”

对于年龄这种事情，我当然有着自己的底线，在尤盼盼说完之后我立马纠正道：“不，不是奔三了，离奔三还早着呢。”

黑暗中，尤盼盼摸了摸我的头发。

后来，说着说着我有些困了，就在我快睡着的时候，尤盼盼突然开口了，她说：“可乐，你有事情瞒着我吗？”

尤盼盼这样一问，我立马就想到了周卿的那件事，那应该是我唯一隐瞒着尤盼盼的事情了。

我点了点头。

许久，她开口说：“其实……”

“有。”我打断了尤盼盼的话，然后承认道，“真的有事在瞒着你。”

尤盼盼笑了，她的笑声很轻，甚至在黑暗中我都能想到她笑起来眼睛弯弯的样子。

她说：“我就知道。”

我们的谈话就到此为止了，她也没有问我到底是什么事情瞒着她，而我也没有主动开口告诉她。

我不知道自己是什么时候睡着的，醒来的时候外面天刚蒙蒙亮。我睁开眼时身边尤盼盼早已经起来了。

“醒了?”尤盼盼叼着牙刷站在门口看着我，“起来，洗漱。”

我点点头，从床上爬了起来。刚走到门口，就听到洗手间传来尤盼盼含糊不清的声音，她说：“早上随便喝点酸奶吧，我懒得做早餐了。”

我自然是没什么意见。

吃过早饭之后尤盼盼有事情要出去，而我收拾收拾准备回我家。

⑤

我妈不在家，我爸说她出去买东西了。我一吐舌头趁机钻回了自己屋子里，给手机充上电。

给手机充上电之后我就溜了出去，想去外面晒晒太阳。

因为小区附近没什么好玩的，突然想到之前听尤盼盼说的，广场这边有几家服装店正在打折，衣服很漂亮，决定前去转一转。

我刚走到那附近就看见了李馨雨，不得不说真的是冤家路窄啊，怎么走到哪里都能碰到她呢。

我一看到李馨雨就条件反射般扭头就走，实在不想和她有什么正面交集。

让我没有想到的是李馨雨竟然扔下了她的同伴追上了我，她站在我一面胳膊一伸，脸上是不容拒绝的表情，她说："李可乐，我想和你谈一谈。"

我实在不知道我和她有什么好谈的，停住了脚步望着她，一副"你有话快说说完快滚"的架势。

"我知道你很讨厌我。"李馨雨开门见山地说道。

我对李馨雨的讨厌，从来都不曾掩饰过，在她这样说了之后，我自然重重地点了点头，还不忘加了句："岂止是很讨厌啊，是非常讨厌。"

李馨雨微微垂下了眼眸，半天才开口："我昨天晚上去找林亦然了。"

果然，又要来挑拨离间？我们两个现在这个样子还不是因为她？难道来炫耀成果？我的脸瞬间就黑了下来。我也不想在这和她浪费时间，转身准备走人，却被李馨雨一把抓住了手腕。

"我从小就喜欢他。"她看着我，"小时候我妈妈带我去他家玩，因为妈妈不给我买玩具而大哭，在看到他的第一眼，趴在桌子上的他对着我做了个鬼脸……后来大人们都爱开玩笑，问他长大了要不要找小馨雨做媳妇啊，他回答要。再后来，他去了舅舅家，我就一直等啊等，等着他回来，看着他长成那么一个美好的少年，我想我终于可以站在他身边了，却从他口中听到了关于你的事情。"

李馨雨松开抓住我手腕的手，笑了笑，说："你们没在一起之前他就说起过你，说起喝醉酒了的你抢他饮料的事情，说你勇敢，在男生宿舍楼下喊顾朗，他说他还没见过这么勇敢的女孩子，你不知道，他说起你的时候眼睛都亮亮的。”

“所以啊，你们后来真的就在一起了。”李馨雨抬头盯着我，“可是，李可乐，我那么想要珍惜的人却被你拿来跳出困境用。好几次，我都告诉自己，你要是对他好一点，再好一点，我就心甘情愿地退出，可是你是怎么对他的?”

我从来不知道李馨雨和林亦然之间还有这样的事情，我稳住了情绪，开口道：“感情这种事情，向来是如人饮水冷暖自知，我对他好或者不好，都不是你一个局外人能判断的。你不要再为自己找这么多借口了。我承认，最初我和他在一起时是想跳出困境。可是，李馨雨，如果不是真的爱，我怎么会因为你的出现而难过?”

“我那么珍惜的人你为什么不知道珍惜?”李馨雨眼眶有些红红的，“是，我曾恶毒地想过只要你们分手就好了，可是……不管我做什么，得到的只是他只愿意和你在一起的答案，我呢？那我怎么办啊?”

“你怎么知道我不珍惜他？退一万步说，就算我不珍惜，这也是我和他之间的事情，一个愿打一个愿挨，跟你有什么关系？你呢？你又做了什么？从中作梗让我和他吵架的是你，让他为难的也是你，你珍惜他又怎样？还不是把他一步步推入了不幸。”这些话就像是在心底徘徊了千万遍的话，我没想到我一张嘴就出现了一连串的句子，“你变成这样是你的偏执害了你，不要往别人身上推。”

李馨雨冷笑一声望着我，说："是，我是偏执怎么样？你呢，你最后得到了什么？还不是和他吵架，哦，对了？尤盼盼没找你啊？"

李馨雨脸上的笑容让我特别不舒服，她的话让我想起了昨天晚上尤盼盼问的那个问题，我愣了一下，然后开口道："你什么意思？"

"没什么，我就是昨天刚好看到她提醒了下，你这个好朋友可是有事瞒着她呢。"说完之后李馨雨脸上的笑意又浓了几分，"李可乐，那我们试试看好了，看最后谁才是赢家……"

她的话没说完电话就响了，她顿了顿继续说道："看谁笑到最后，我敢和你这么摊牌纯粹是因为你太弱了，和你这样的人成为对手真的有些悲哀哦。"

她的嘴角微微上扬，听在我耳朵里就像是利器划破玻璃的声音。

就在我转身的时候，李馨雨接了电话，她的声音突然变得有些惊慌起来，她说："你说什么？不可能！怎么可能！"

她的声音里带着哭腔，她喊住了走了几步的我，她颤抖着声音说："李可乐，他坐的那辆车出事了……"

似乎有什么在耳朵边嗡嗡响着，我回头，看到满脸泪水的李馨雨……

"你在……胡说什么？"我牵强地扯起嘴角。

李馨雨看着我摇摇头，然后再也说不出一句话……

我只听到心里边有什么东西轰然倒塌，我的眼前再次剩下无边际的黑暗……

我浑浑噩噩走到家，我爸打开的电视里正在播报这则新闻。我有些不敢相信地打开了手机，收到好几条短信，都是林亦然的。

他说：可乐，我知道自己错了，不该不相信你。

他说：可乐，我们和好吧，以后再也不胡闹了。

他说：可乐，我去舅舅家了，你等我哦，等我回来接你。

我颤抖着双手按了熟悉再熟悉不过的号码拨过去，得到的却是无法接通。

我慌慌张张打电话给尤盼盼，却一个字都说不出来……

她慌慌张张问我怎么了，好久，我才吐出一句话，我说："怎么办，我觉得我可能要死掉了……"

我不相信地守着手机守了两天，依旧没有任何林亦然的消息。后来，尤盼盼来找我的时候我正坐在地板上手里捏着手机，她坐在我身边许久，开口道："可乐……"

"嗯？"

"别等了……"

"嗯？"

"新闻里说了……"不知道是不是我的错觉，在这一瞬间，尤盼盼的声音带着一丝颤音，"无人生还。"

不知道是不是太久不说话的原因的，嗓子里有些微疼。"我都没来得及和他……好好告别……"

都说人生无常，我从来都没想过这样的事情会发生在我身上。

我把手伸过去握尤盼盼的手，眼泪啪嗒啪嗒打落在衣服上。“我那天为什么没有主动和他说话，我那天为什么不过去抱他，为什么没有告诉他我爱他，为什么……”

为什么连个好好地告别都没来得及。

我总以为以后时间还多得很，我总以为随时随地都可以和他胡闹，我总以为……

我想了想，拿出手机给他回短信。

好啊，我不胡闹了。

好啊，我们和好啊。

好啊，我等你回来接我……

Chapter eleven

①

我决定要离开了，离开这个城市。老妈和老爸并没有说太多反对的话，他们似乎知道这次是拉不回来我的，我在屋子里整理东西时妈妈进来了。她帮着我整理了一下，临出去前问我：“你还会回来的，对吧。”显然她没指望我回答她，因为她问了之后就转身出去了。

收拾好了之后我发短信给周卿说：我要走了，别来送我。我准备等明天坐上飞机再给尤盼盼说，我知道，以她的个性，肯定会要去送我的，她去的话我们要抱头痛哭了，这感觉一点都不好。我已经哭恶心了，不想再掉下一滴眼泪。

机场是我自己去的，我偷偷下了楼抬头看我家窗户时发现窗户那有身影闪过，我知道肯定是爸爸。

要上飞机时我发短信给尤盼盼，我说：我要走了，再有五分钟。然后我回头的时候看到了周卿，他对着我摆摆手，我低着头向前走去。

我要去很远很远的地方，我要走很多很多路。我握紧了手，在心里默默念道，亲爱的林亦然，飞机要起飞了。我们一起走，我知道你在我身边，一直都在。

我带你去看世界上最美的风景，你瞧，就要到了。

在外面这三年里，我游荡了好几个城市，打过零工，在饭店端过盘子，广告公司。我每天都挂着机械的笑容，对每个人微笑。这其间遇到过刁钻的客户，严苛的上司，脾气不好的同事，可是我都一一笑着应付过来。

在那些因为失眠睡不着的晚上我满脑子都是我从小生活到大的小城市，当然还有那群可爱的人。我总以为我只是做了个梦，梦醒之后还能看到依旧笑得嘻嘻哈哈的尤盼盼。

如果是梦的话，往后倒一点吧，就在林亦然出现的时候停下吧，让我想想，让我把剧情改了好不好。

在这个城市待了将近三年了，我的工资刚好够我自己花，不多不少。

就在昨天我再次辞职了，我在那家广告公司待了两年，说长不长说短也不短。我只是想换个城市，我记得在我交辞呈上去时，我上司的眼神。

我的上司是个三十岁的男人，他没有小说里那些上司该有的沉稳，也没有人说的那般刁钻，他是一个很一般的男人。

他看完我的辞呈看着窗外久久不说一句话，而我就站在一旁等着。我知道他肯定有话对我说，你瞧，在外东奔西跑这么长时间，我还是有点长进的。

“其实你当初来面试时我就知道，你在这了待不了很久的。”他开口却并不看我，“按理说不应该录取的。”我当然知道，我之所以被录取不过是因为我之前的作品。

“年轻真好。”在我走到门口时他突然说，“那么有勇气该放下就放下，该闯荡就闯荡。”

“张总，有的事情不是说放下就放下的。”我微微一笑，然后推开门走了出去。走出公司大门，我觉得阳光格外好，深吸一口气在心底说，李可乐，你该回家看看了。

我决定回去的事情没告诉任何人，甚至连尤盼盼也是在我下了飞机的时候才发短信告知她的，我说：我下飞机了。

尤盼盼说要来接我时我拒绝了，我想先回家看看。

这个城市变了模样，可是依旧很温暖。我想起我这几年所待的城市觉得还是这里好。坐上出租车时，我特想回学校看看，那个司机师傅人很好，在学校门口的时候他问我，要不要下去待一会儿，他可以等我。

看着一张张陌生的脸，我摇摇头，先回去吧。

我到家时，老爸不在家。老妈正在看电视，我推开门进去的时候，她整个人都愣了。我微笑着看着她说：“妈，我回来了。”

只是三年的时间不见，我觉得她老了好多，头上已经好多白头发了。她慌慌张张地过来接过我手里的大包小包，然后打电话给我爸，她的声音有些发颤，她说：“老李，可，可乐回来了。”

我把东西安置好后躺在自己屋子里的床上盯着天花板发呆，在外面这么长时间我最想的就是我的大床了，刚才回来时屋子里的东西照旧，一点都没变，干净得没有一丝灰尘。

老妈做了好多好吃的，在饭桌上不停地把菜夹给我，不停地说："你看，瘦成啥样了，多吃点。"我爸也和她一样，我看着堆得满满的饭菜，突然很想哭。

在外面的日子里，我都是凑合着乱吃的，因为自己实在是不大会煮饭，有时候偷懒就随便煮点泡面吃。

"这次回来，你不走了吧。"老妈问这句话时有点小心翼翼，我看着她和老爸期待的眼神点点头又摇摇头。

这哪还是以前的老妈啊，以前她总是扯着嗓子说"李可乐，你就给我在家待着，哪也不准去"。

吃过饭时收到了周卿的短信，他说：听尤盼盼说你回来了，改天聚聚吧。

我说：嗯。

他又回我：可乐，怪想你的。

我依旧回答：嗯。

②

回家第三天的时候，我接到了尤盼盼的电话，她说她和周卿在我家附近的小餐厅里，让我下去。

我挂了电话之后合上了刚刚打开的箱子。

我到的时候尤盼盼和周卿已经在了，看到我时，周卿和往常一样露出了个微笑，倒是尤盼盼，走上来握着我的手许久没说话。

我们三个难得再聚在一起，所以周卿这个话唠一直说个没完。他一会儿问我“你在那边怎么样?”“有好玩的事情吗”？一会儿又说：“你不知道，你走之后，我和尤盼盼……”他恨不得把这三年里发生的大大小小事情一股脑地抛给我。

尤盼盼打断了他的话，说道：“你快得了吧，多喝酒少说话吧。”

周卿厚着脸皮嘿嘿一笑，说：“我不是高兴嘛，这么久没有见可乐了。”

我笑笑，举起了酒杯。那天我们三个都有点喝高了，不知怎么就扯到了我刻意回避的那一年，忘记是谁先开始说的，先说那一年突然闯进我们生活的唐昊，说完唐昊的时候尤盼盼去了一趟洗手间，回来的时候满脸的水，分不清到底是眼泪还是水。当然也不可避免地说起了林亦然，我比尤盼盼坚强，我没有哭，我只是觉得胸腔里空荡荡的难受。

最后在散了的时候我们站起来互相拥抱，就像毕业那天一样。周卿先走的，他接了个电话就扔下了我和尤盼盼。

我和尤盼盼四处游荡着，到她家小区附近的时候，她笑着说：“可乐，晚上住我家吧，我爸妈不在。”

我点点头表示好，拿出手机给我妈打了电话说晚上要在尤盼盼家住。

老太太在那边说："那你什么时候回来呀？"

我笑了笑，说："当然是明天早上了。"

挂了电话之后我冲尤盼盼笑了笑，说："我家老太太现在恨不得拿根绳子把我绑在家里。"

"可乐。"尤盼盼看着我，许久才开口，"你这次回来……还走吗？"

我摇摇头说："不知道呢，可能会走吧。"

和以前一样，我穿了尤盼盼的衣服陪着她看了好久的电视剧，最后关上电视的时候她突然开口道："我前几天见到唐昊了。"

"嗯？"

"他的演唱会。"她语气很平静，"我一直觉得要是有一天看到他有了女朋友心里会难受，谁知道……也就那样。"

我点点头不知道该说什么，有关于唐昊的新闻我也看到了，家乡演唱会第一站当众表白，那个女孩也是个明星。

"你呢？"尤盼盼问，"还是没办法走出来吗？"

我不知道要怎么回答尤盼盼的这个问题，只是握了握她的手。

我和尤盼盼躺在床上准备睡着的时候，尤盼盼突然开口，她说："可乐，真的没想到，我们又这样躺在一起谈天说地了啊。"

我点点头，说："是啊。"

上一次这样还是林亦然离开的前一天晚上……

黑暗中我突然开口："对不起，有件事情我瞒了你很久……"

"我知道。"尤盼盼打断我的话，"周卿已经告诉我了。"

我愣了下随即笑了，也是，这种事情是该他自己说。

“他还对我说了不要怪你，你也是怕那个时候伤我心……”尤盼盼的声音在黑夜里很是好听。

那个时候我一心以为，帮着周卿隐瞒尤盼盼是为了尤盼盼好，是为了周卿好。其实，我们三个里最自私的是我，我最害怕的是我们三个这样的关系被打破。我贪恋着周卿和尤盼盼对我的照顾和对我的爱护。我害怕失去他们两个中任何一个，我太害怕，害怕到竟然不去试着相信我们之间的友情……

其实，这些年来，一直都是我最自私。

“对不起。”我终于开口。

“好了好了都过去了。”尤盼盼嬉笑着摸了摸我头发。

“那你知道周卿喜欢你的事情了？”吃饭时周卿和尤盼盼的表情不像是在一起了，那么……

“我一直都知道。”令我惊讶的是尤盼盼的回答，她的声音里夹杂着一丝笑意，“很早就知道了，比你和顾朗在一起还早。”

“啊。不会吧。”是我反应太迟钝吗，我一直以为她不知道这件事，谁知道在那些我还不懂得什么是喜欢的岁月里她已经明白了一直跟着自己的少年的心。

她当然知道的，尤盼盼很聪明，这点不可否认。在那个少年三番五次以朋友的名义送她回家时她就有所察觉了；在那个少年夸张地搂着自己肩膀说“盼盼啊，虽然你有颗男人的心，可是我一点也不嫌弃你”

时，她就知道了；在那个少年在愚人节里说了我喜欢你时，她就明白，他动真格了。可是她还要笑着回他，休想骗我。

有句话说得好，情人节多少人借着节日的名义说假话，愚人节多少人借着玩笑的名义说真话。

可是她更明白，对于自己而言，他是不可或缺的朋友，这并非爱情。她更不想在他们之间再添上爱情这一根弦，她清楚地知道，如果有一天这根爱情的弦嘭的一声断了，那么自己和他之间所有的联系都要断了。

“所以你……”

“可乐，这样挺好。”尤盼盼的声音越来越低，“我们仨永远都是最好的朋友。”

我回来没多久就接到了高中班长的婚礼邀请，尤盼盼和周卿也接到了。

那天婚礼见到了很多以前高中的同学，我和尤盼盼，时不时和一个个同学打招呼。

“来，干杯。”周卿走到我身边，和我碰了碰杯子，准备喝下去的时候，他开口道：“可乐，我要订婚了。”

哎？

我抬头看他，他笑着说：“我爸妈做的主，我现在也不知道怎么办……”

他说着，看了看正在和别人说话的尤盼盼。

我点点头，举起酒杯，一仰脖子全喝了进去，其实从我离开这个小城之后就再没喝过酒了，或许是怕每每喝酒都会想到她们。

周卿去和别人碰杯时，我随意地看了眼门口的方向，然后我跑了过去。穿着高跟鞋跑起来很不方便，可我还是朝着门口追了出去。

我看到他了，你知道我说的是谁，你一定知道的，我不骗你。

那个穿白西装的，我向前奔跑的时候的感觉，你懂吗，就好像是漫天的黑暗里突然冒出来的一束阳光，它不需要多温暖，它不需要多明亮。你懂我的意思吗，对，就是曙光。

“是你吗?”在离他还有两步时我停了下来，我把自己所有的动作都放轻，我害怕惊扰了他，吓跑了他。“是你吗，林亦然。”

然后那个背影僵了一下，转过身看着我，是一张完全陌生的脸，他的嘴角是有些戏谑的笑，他说：“小姐，你认错人了，还有哦，这样的打招呼方式很老土。”

我突然想到林亦然脸上的笑容，永远恰到好处，只有那么一点点却可以温暖人，这个人不是他。

尤盼盼跑过来拉我的时候我已经蹲地上哭了，然后我听到那个人有点慌张的声音，他说：“你，你怎么了?”

我没有回答，被尤盼盼扶起的时候我头也不回地走了，就在刚才，我突然想起来，那个少年再也不会回来了。

尤盼盼走了过来塞给我一张名片，我愣了下，看着她欲言又止的神情瞬间明白了。

你看，人是有多贱，越是那些在身边的越不知道珍惜，偏偏等失去了才知道可贵，林亦然在的时候我没好好珍惜过他，他走了，我竟然要从别人身上试图找他的影子，可是那些人根本不是他。

在尤盼盼诧异的眼光里我把名片撕得粉碎扔进了垃圾桶里，然后不顾她的喊声，脱了高跟鞋，光着脚提着裙摆向前走去。

在远处，那些川流不息的车辆仿佛被定住了一样。我看到有个少年朝我走来。真的，我不骗你。不过他眼里看的不是我，顺着他的眼神看去，我看到了站在另一边的自己，那是还年轻的自己……

那个时候一直以为出去走走，看了足够多的风景便会忘记这些事情。可是，后来我才知道，有的人不管走多远的路，始终都走不出那段回忆。

End

尾声

我时常梦见林亦然送我回家的画面，他站在马路对面对我招招手，可是一转眼他就不见了，不管我怎么大声呼喊，都找不到他。

我从梦中挣扎着醒来时满脸是泪，身边坐着的小姑娘压低声音对她妈妈说道："旁边那个阿姨刚才哭鼻子了。"

她妈妈低声回道："是哦，阿姨啊丢失了心爱的玩具才会哭的。"

"那把我的玩具递给她好不好？"说着小姑娘把手

里拿着的玩具递到我手里，她笑着望着我，“阿姨，给你。”

我闭了眼睛深吸一口气，恍惚中我又看到了那个少年的脸，只是他越走越远。我睁开眼看到的却是小姑娘微笑的脸，就在那一刹那间我似乎明白了梦中林亦然欲言又止的表情是在告诉我什么。

有人说，所谓的日光倾城就是在漫天黑暗来临之际的那一刹那，整个天空都是温暖的阳光，随后便是无休无止的黑暗。

Extra chapter

番 外

爱是荒漠里开出的花

——尤盼盼

从高中班长的婚礼一别之后我就再没见过可乐，打电话到她家里时，阿姨说她已经走了，我明白，有生之年她怕是很难从那片回忆里走出来了。

她和上次一样，一言不发地从我们的生活中消失了，我给她打电话她没接，后来她给我发了短信，寥寥几个字，大概就是她很好，或许有一天就会回来了。

对了，前几天我见到李馨雨了。

在周卿的订婚礼上，她是女方的客人。看到我时她愣了下，随即上前很是大方地和我打了招呼。

我只是很是客气地笑了笑。

让我没想到的是她竟然开口问我：“可乐还好吧？”

我点点头。

很久，她说：“以前……是我对不起她。”

我和李馨雨说了一会儿话之后，她突然看着我说：“尤盼盼，其实，我以前真的有把你和可乐当朋友过……”

我点点头。

“真的。”她强调道，“所以，我也好几次都下定决心把对林亦然的感情压在心底，可是……我没做到。你知道，这个世界上总有种人渡不过爱情，渡不过自己，可能我就是吧……”

“还有，唐昊那件事……”李馨雨开口，“其实，当时我想开口喊你的，可是……后来看到……就觉得人都是自私的，我又何必……”

“都过去的事情了不必再提了。”我打断了李馨雨的话，掩饰着内心的波动。

李馨雨还想说什么，被奔过来的周卿打断了，他瞅了我一眼，然后拽着我朝酒店外面跑去。

“你要干什么？疯了？”被周卿拽着出酒店的时候我有些不解地望着他。

“我们走吧。”周卿拽着我的手红着脸说道，“我想了，我没办法和不喜欢的人订婚，所以，趁现在还没开始……我们走吧。”

我想甩开周卿的手却失败了，我从来不知道这个家伙力气竟然这么大。他紧紧地拽着我的手拦了辆车就把我塞了进去。

就这样，周卿从他的订婚宴上逃了出来，还连累我落了个抢亲的名号。对于这个名号，周卿总是厚着脸皮说道：“我觉得蛮适合你的。”

他说这句话的时候正躺在我家沙发上，我拿起手边的抱枕朝他砸了过去。

电视里正在回放新晋小天王唐昊的巡回演唱会，他穿着白色西装挽着身边穿着小礼服的女孩深情款款地说："感谢命运让我遇见你，感谢……"

我别过头，有眼泪从眼角滑落，我刚准备开口说点什么掩饰下，就看见周卿站起了身，走到电视机前挡住了屏幕。

他对着我做了个很丑陋的心的形状，他说："我在等你啊，我真的一直在等你啊……"